# L’ultime conviction du désir

Du même auteur

*C'est beau une ville la nuit*, éditions Denoël, 1988

*Le Bord intime des rivières*, éditions Denoël, 1994

Richard Bohringer

# L'ultime conviction du désir

Flammarion

ISBN : 2-08-068836-7

## L'ultime conviction du désir

Ma pensée vit en dehors de ma tête. Elle revient barbare et implacable, tendre et éternelle. Ma pensée vit loin de moi.

Mélancolie avec des couchers de soleil et des ombres glacées.

À trop avoir touché le fond, le trop-plein de vécu laisse solitaire.

Je marche nu sur la terre. J'enjambe les plaines d'Iceland. Rien sur la peau. Nu.

Soixante ans pépère. Grouille-toi de finir ta mélodie, voilà les grandes orgues qui arrivent.

Graal, lâche-moi. Tu me tues. Je veux aller en camion sur les routes.

Dakar Babylone Saint-Louis l'ésotérique.

Il y aura sur la route, des villages de chaque côté, un grand arbre dans l'air brûlant. Intense l'âme derrière le pare-brise.

Les femmes, boubou fou, balancent un coup sensuel sur les poubelles mille fois fouillées. Petits talibés, hordes d'orphelins, qui sourient et qui rient. Malgré tout.

Mon cœur est à toi ma merveille, ma terrible Afrique.

Je te regarde. Je m'enfouis en toi. Maman. Tes seins comme un continent.

Un âne écrasé. Sur le flanc. Le poil du ventre blanc d'où jaillit la tête ensanglantée de cette fiotte de vautour à col râpé débraillé.

Les gendarmes, à l'ombre, palabrent au milieu d'une grappe de jeunes filles légères, cils suspendus aux ailes de tourterelles africaines.

Gazelles. Longues mains qui dansent en riant du destin. Inch'Allah. Exaltation suprême je monte au ciel.

L'Afrique me prend dans ses bras. Je la sens, je la hume, la renifle, comme la vie, comme la mort.

On mourra pas. Et si on meurt tant pis. Prends soin des petits.

Afrique opéra tragique. Son âme éblouissante vendue aux marchands de rêves.

Une main blanche dans une main noire pour la vie.

Un coq se casse la gueule dans une gamelle. Les poules rigolent.

La bagnole du marabout bout de ficelle. Afrique pardonne-moi.

La bagnole bien lavée de marque Mercedes.

C'est pas normal mon frère. Mais c'est normal partout.

Dans tous les pays de misère, y a des rallyes de milliardaires, qui te disent au coin du feu que le désert c'est tellement beau, et qu'eux ils sont tellement gentils.

Eux, c'est les enfants qui courent après les stylos qu'on leur balance.

Les parents sur le bas-côté humiliés dans

leur silence. Le rire des collabos qui font semblant de croire que c'est vachement généreux tous ces stylos.

Les Blancs sur les quads qui jettent les stylos. Sans regarder.

On nique la misère. Ils savent pas écrire.

Les stylos, on les retrouve sur les marchés, à Dakar à Bamako.

Dans le monde entier il y a des Mercedes bien lavées, des gens bien émus mais qui te feront tout casquer.

Faudra facturer ONG Paris beaux quartiers.

Le marché peul. La vallée des baobabs dans le vent des sables. Bergers modestes avec trois chèvres. Troupeaux affamés. Région du Fouta. Dur. Millénaire.

Villes mendiantes. Immense insomnie. La faim. La prière.

Saint-Louis la route. Les ruisseaux d'huile de vidange. Les hommes mécaniciens. Les hommes sorciers.

Les hommes cambouis peau et huile confondus fracturent les carcasses d'immenses camions aux essieux brisés par la piste, éventrés, ouverts déchirés de tous côtés. Hommes noirs sorciers de la mécanique.

Aéroport short. Par vagues. Touristes perdus mais sûrs qu'ils pourront jouer les aventuriers sans trop risquer.

Mains qui fouillent et s'envolent. Vite.

Multitude dans le bus chaotique. Visage avec des grâces qui se croisent, grappes humaines perdues au vent, accrochées à ses flancs. Flancs cabossés, rafistolés, jaunes et verts, rouges et puis blancs, peints et repeints avec acharnement.

Les mains noires, longues, les veines comme des torrents, boubous multicolores de voyageuses harassées, fulgurance de la beauté dans le mouvement.

Femmes qui courent, jambes noires, gazelles odorantes.

Le poste Akai qui balance Youssou n'Dour. L'âne qui veut rien, villages tassés.

Farandole au ralenti, multitude humaine.

Nuit africaine lourde d'odeur, vibrante à te foutre l'âme à l'envers.

Pied dans la boue de l'hivernage, fièvre jaune, hépatite. Impression de ne rien savoir. De n'avoir jamais rien su.

Le fleuve Sénégal, immense, déborde, charriant des troncs d'arbres sous le ciel bleu, avec des brisures orange pour donner un air de film américain à la tragédie.

Le pont Faidherbe, métallique, brille sous la pluie.

Saint-Louis. À la recherche du son bleu.

Saint-Louis. Au bout du monde. Posé sur le fleuve Sénégal comme une carcasse de cargo fauve.

Les oiseaux, les premiers oiseaux le matin tôt. Juste à l'extrême.

Lumière dorée, glacée, qui te fait marcher plus vite pour quitter ton ombre, et entrer dans les premiers rayons du soleil.

Lentement défroisser le corps. S'inonder. Instant céleste, maternel. L'Afrique t'ouvre ses bras et te bénit.

## *L'ultime conviction du désir*

*Rosso. Frontière sénégalo-mauritanienne.*
*2003.*

Rosso. Bourg. Frontière sénégalo-mauritanienne. Plus rien ne tient.

Le vent fait flotter les boubous blanc-bleu mauritaniens sur les pirogues qui traversent le fleuve frontière.

Un âne plein soleil avec un bout de longe qui pend.

On se croise. Ray-Ban du désert. Lunettes plastiques, deux francs au marché. Encore sur la rive sénégalaise.

En face la Mauritanie. Bâtiments blancs. Sable. Le désert.

Quelques vieilles caisses qui viennent de France. Renault. Surtout.

Traverser la France jusqu'en Espagne le Maroc, Tanger, Casablanca, Nouâdhibou, Nouakchott, Mauritanie. Faut avoir la patate.

Long voyage avec des bagnoles prêtes à la casse.

Les yeux des hommes sont durs. Regard

maure. Regard intense. Les Blancs regard perdu.

Visa. Tampon qui résonne dans la pièce derrière la fenêtre. Le drapeau flotte dans l'air harassant.

Des femmes voilées, pressées, disparaissent.

Un hôtel chaotique avec des filles grêlées devant la porte, pieds nus, guettent les 4 x 4 dans l'avenue du sable. Terrible la vie.

Les pirogues qui traversent, pleines.

Prière du matin. Prière du soir. Blues. Au-dessus de Saint-Louis.

Face au fleuve le vent porte la voix. Toute la vie revient. Visages de femmes.

Les regards de ceux que j'ai aimés tourbillonnent autour de moi.

Dieu de l'écriture, aide-moi. Rends-moi heureux. Donne-moi les mots pour écrire l'émotion. Le chant des griots, mes maîtres.

Des silences comme des notes. Des silences habités de la vie. Des grandes mains caressent l'espace.

Afrique ne nous quitte pas. Nous avons tant besoin de toi.

Terre dure. 45 degrés. Cases gardées par les baobabs.

Les femmes frappent le mil. Un bébé dans le dos. Marmailles aux yeux lumineux courent après le poulet. Le soleil brûle. Sous le baobab.

Posée là dans la savane, jusqu'à derrière l'horizon, la vie humaine. On voit l'étranger arriver de loin. Le geste de la main pour te saluer, le grand sourire porte chance. Le dos courbé tête et cou droits vers le ciel. Éclaboussant de réel.

Le vent de sable transforme en jamais vu le vrai. Le vent du désert. Brume mystique.

Saint-Louis magique. À Saint-Louis il y a Jean-Jacques. Hôtel La Résidence. J'espère qu'il m'aime comme je l'aime. À sa femme merci.

Il y a le tailleur. La famille machine à coudre. Après l'école, les enfants travaillent aussi.

Mamie est sage, avec son beau sourire à côté de la lampe à huile.

Le soir, la voix du muezzin qui tricote le rap mystique. Saint-Louis s'éteint.

À Bango dans les marais mon ami Gatien, le Belge, sculpte dans la nuit des humains métalliques, qui brillent sous la lune immobile pour l'éternité, au milieu des serpents et des moustiques.

La jungle est son atelier.

Son chien se bat avec les varans. Bestiole du diable. Ça court dans tous les sens.

La semaine dernière, un python de quatre mètres vingt se baladait sous sa case, perché au-dessus des marais. C'est un jeune homme. Comme moi.

Il rêve sa vie.

Dans la forêt, au milieu des marais où tout glisse sans bruit sur l'eau sombre. À Bango. Banlieue de Saint-Louis du Sénégal.

Prends la route, jeune humain. Pose-toi à Dakar. Monte dans un taxi déglingué. Pénètre la nuit africaine. Pénètre Dakar. Demain, va dans le quartier des ferrailleurs.

Tu verras des ruelles, des places, des vies taillées dans la ferraille.

Des tonnes de ferraille. Des rues découpées. Les portes de cases, portes de vieilles voitures. Un arbre sur la place.

Les hommes vont te regarder. Les Blancs sont rares ici.

Laisse-toi aller. Sois. Ils t'observent, les hommes à la vie éreintante.

Le soleil fait péter la tôle des cases. Meurtrissures d'acier. Hommes à la forge.

Le marabout. Salam âlékoum. Âlékoum salam.

Mets ta main sur ton cœur, jeune homme.

Le quartier dégueulera sa chaleur emmagasinée cette nuit. L'Afrique te regarde et tu n'en sais rien. Chaleur. Terrible.

La lune luit sur les capots des bagnoles empilées. Village métallique. Refuge ultime. Vision. La sueur sur les corps.

Station-service. Le plein et mille petits business qui tendent la main. Enfants de la rue qui n'ont rien à vendre. Mendient. Faut rapporter la paie au marabout.

Un café touba sur la caisse avec le réchaud. Manipulation. Jamais bu un café aussi bon. Patate dans l'instant. Élévation du corps.

Les gazelles belles croisent en riant. Corps dessinés.

Les hommes s'essuient le front. Les jambes s'éloignent. Rêver. Le rire encore.

Elles se retournent légères voir le regard des hommes. Une file de TGV. Transport Grande Vibration. Dans la poussière.

Avoir cela dans le sang. Le continent africain comme berceau de l'humanité. Offrande. Invention du monde. Suprême.

L'Afrique ne donne pas une paix facile.

*La Réunion. Océan Indien. 2002.*

À la Réunion. J'ai un frère. Gilbert Pounia. Annie est une sœur.

Annie, c'est sa compagne. Une griotte créole. Elle raconte des histoires, des contes.

Concert là-haut à Mafat. Chez les

Indiens de la montagne. On met une journée pour rejoindre le village. Avec des sentiers suspendus.

Collés à la paroi. Vide vertigineux. Faut pas que le pied glisse.

À perte de vue. La nature. Large. Tous les verts de la création s'entrechoquent au milieu des fleurs sauvages et des cascades.

La vie est dure pour les humains. Petits paysans de Mafat.

Trop de rhum la veille. Jambes coupées. On casse la tirelire. On se paye un hélico pour la dépose au sommet. Un peu honteux tous les deux. Les femmes se moquent de nous. C'est plein de bonheur cette aventure là-haut.

Aller faire un concert sur la terre battue à deux mille mètres au milieu des jardins accrochés aux cases. Les odeurs.

Fruits et légumes. Fleurs. Potirons comme des ballons.

On salue la mamie.

Devant la fenêtre de sa case depuis vingt ans. Elle boit son café en prenant son temps.

Elle se nourrit des forêts qui dégringolent jusqu'à la vallée. Elle le dit.

On mange le carry. Ils sont beaux les créoles de la montagne.

Gilbert est leur héros. Ils ont raison.

Le carry m'envahit. Me dévaste les papilles. Après la fourchette les doigts. Une vraie merveille de carry dans l'azur. Un coup de rhum.

On installe le matos. Les pieds de la batterie s'enfoncent dans la terre. On cale avec des pierres.

Je m'assois sur un grand banc. Je regarde Pounia. Il place les doigts de deux jeunes créoles sur la guitare. Pour faire une série d'accords. Merveilleux moment. Patience amour passion. Leçon là-haut dans la montagne.

J'ai vu une fille créole courir. Sur le sentier. Belle. Elle a souri en passant.

Dans la montagne de Mafat il y a les coureurs de montagne. Ils montent, ils grimpent, déboulent. Dorment les bras en croix au milieu des cimes odorantes.

La nuit étoilée. Cases éteintes.

Un fil électrique traverse l'espace et trimbale quelques ampoules en guise de projecteur.

Il y a des chœurs. Trois filles créoles. Paysannes des hauteurs. Simples et sensuelles. Du rhum dans les petits verres qui tournent bien entre les doigts.

Il y a les guitaristes. Riffeurs. Tout appris en une après-midi.

Gilbert. Sourire et regard diamant. Charisme éblouissant.

Il n'y aura que la mémoire pour se souvenir de cette nuit-là.

La montagne danse. La voix de miel enveloppe le corps. Un ballet d'étoiles filantes. Musique humaine amoureuse de la terre. Les filles chantent. Comme des princesses swing. Joli corps. Joli sourire. Les guitares riffent. Sourire éclatant. Bonheur de jouer.

Les voyageurs égarés, vieux créoles heureux. Les campeurs.

Toute la montagne est venue à nous. Le plus beau concert du monde.

Gilbert prince des charmeurs de légende. Homme vérité. Poète.

Les lucioles, les âmes ont souri cette nuit.

Le rhum tourne la tête. Il laisse seul. L'eau de feu. À te cramer la tête. La musique et tous les sourires dans le noir. C'était avant.

Sous les lampions de la nuit, la peau luit ruisselle fascine.

Elle danse. Elle chante. Un instant je m'envole dans l'histoire du Blanc qui disparaît dans une case et n'a plus jamais retraversé la mer.

La fuite fatale. Le point de non-retour. Se brûler l'âme.

Là-haut à Mafat. Plateau très haut là-haut chez les créoles de la montagne.

J'aurais dansé toute la nuit pieds nus dans la terre face aux étoiles.

Pounia mon frère malbar. Enchanteur des forêts. Voix de miel chante l'amour et la liberté. Annie la griotte. Je veux jeter des passerelles avec vous. Des passerelles vers l'océan humain. Vers la multitude.

Avec des bouts lambeaux de mots et des bouts de musique.

Se baigner dans le sourire. Le sourire entier d'un peuple.

Dans les champs de canne à sucre, images de conte pour enfants, les temples pour les prières odorantes qui ne serviront qu'à oublier la misère.

La case l'après-midi. Devant la fenêtre ouverte. La vallée suspendue de Mafat. La crête des volcans.

Les chiens errants perdus dans la bruyère.

Les coqs multicolores secouent leurs plumes brillantes et frissonnantes dans la bruyère. Un souffle couche les fleurs sauvages.

Gilbert joue de la guitare. Tourne autour de la mélodie. Tranquille.

La toile cirée jaune renvoie l'éclat du soleil dans les yeux de Gilbert et sur le bois de la guitare.

J'aurais sauvé le monde si on m'avait

laissé faire. Ma belle horloge. Mon beau tic-tac du temps.

Il pleut sur les volcans. Ils disparaissent dans la brume.

J'ai vu des dauphins dans l'océan Indien. Des dauphins et puis des poissons volants. Ils savent.

C'était leur maison là-haut qui crachait du feu et coulait rivière rouge vers la mer. Avant, c'était le fond de la mer.

La fenêtre de la case ouverte sur la montagne. La musique de Ziskakan m'emmène. L'odeur des sommets. Douce sensualité. Goût de miel au bout des doigts. J'écris et je pense à toi. Je t'espère dans mes bras.

Typhon à l'horizon. Entre ciel et terre. Comme une dent cariée. Comme un serpent gris. Plus rien ne bouge.

Là-haut dans la montagne, la nature fait la morte. Ultime ruse.

Le typhon s'en fout. Cadence mortelle. Les peuples des îles prient le vent, pour qu'il le noie au fond des abysses.

Le typhon s'en fout. Aucune prière n'atteint son cœur. Indifférence.

Il tronçonne terre et mer. Ensanglante l'océan Indien. Terre musulmane. Terre chrétienne. Arche de Noé. Toutes terres confondues.

Silhouette créole. Sourire naturel. Plein de lumière. Inoubliable.

Manger le repas simple dans la maison simple. Sur la route du Tampon. Village accroché à la montagne. Plaine des cafres.

Image d'Amérique du Nord. Vision normande. Bucolique. Pâquerettes d'altitude. Museaux brillants des vaches. Herbe tendre au souffle léger. La montagne du volcan mère.

Au loin, très loin en bas là-bas la mer. La baie de l'océan qui ouvre ses bras à l'horizon. Inspiration.

J'enfouis mon nez dans ton odeur. Je lèche tes fruits. Les yeux grands ouverts. La vie des humains de la montagne.

Créole. Je t'estime, je te respecte. Tu ne veux pas de palais. Juste. La justice juste. Celui qui apprend doit apprendre à son tour.

*Île Maurice. 2004.*

Île Maurice. La vie des riches. Hôtels Samba. Table nuit bois précieux. Caca dans la soie. La vie à Maurice.

La vie de ceux qui nettoient et ceux qui nettoient même pas.

Concert. Les coulisses la chaleur.

Océan Indien. Le feu que j'avais ce soir-là. Mes mots mes pauvres mots j'allais les chanter. Au milieu de l'océan Indien. Le sol sacré. Transe.

Notre guitariste est mauricien. Il joue. Simple. Chaud. J'ai jeté les mots comme des fleurs. On voulait du bonheur. Toujours à chercher le miracle. Pieds nus. Sentir le sol. S'agripper à sa foi. Chanter son amour du monde. Balancer le corps. Se perdre dans la lumière du projecteur.

Swing mon frère le clown a un gros derrière.

Je voudrais manger les notes, manger le monde, le bercer, le câliner. Manger mon corps.

*L'ultime conviction du désir*

Courir la montagne avec l'ordinateur. Sueur. Se gourer de touche, tout effacer. Tout qui disparaît comme un suppositoire dans le derrière. Pleurer d'impuissance devant la machine narquoise qui t'a volé tes mots sans rien garder.

Dans mille ans nous serons morts. Acculés au suicide par les hommes ventripotents décideurs de la faillite humaine.

Parking gigantesque plein jusqu'à la gueule de bagnoles. Parking sur parking, sous terre sur terre et par-dessus encore même.

L'enfant d'au milieu des tôles. Il criera sa haine de toute cette ferraille, il voulait juste connaître son père, avoir à manger, être soigné lorsque les fièvres assèchent son corps. Il voulait jouer au basket et rire. Il voulait regarder les filles et leurs jambes brunes à travers ses cils. Se perdre dans un désir.

Je t'aime vie. Je t'aime à la folie.

Je parcours le monde avec mon fils à grandes enjambées.

Nous nous sommes donné la maladie des

grands horizons, l'amour des petites vies derrière les murs de tôle et de carton bout de chiffon et le sein que la petite bouche fait souffrir.

Je t'aime. Putain de monde. Je t'emmerde. Prédateur. Toutes les petites bites sont à court terme.

Moi, je suis du peuple des éléphants. Au matin, dans la poussière, mon troupeau s'ébranle vers l'avenir nourricier.

Je reste là. Pour ne pas ralentir la marche des petits et des mamans qui furent mes princesses.

L'ultime conviction du désir. Je suis un pessimiste flamboyant. Philosophie de l'espérance. Je danse aussi bien avec les vivants qu'avec les morts. Même des fois c'est les morts qui me font danser avec les vivants. J'aime la vie avec douleur. Nous serons des héros. Pas des héros avec des statues. Des héros du petit sentiment. Balbutiement du quotidien. Nez pointé vers le ciel et les anges pour y plonger.

L'enfer est là. Un millier de tambours

crevés. Une peau d'âme qui pourrait plus s'envoler.

Ma femme mes doux enfants mes amis. Je deviens cannibale de moi-même et sublime la chair des autres. Pauvre misère. Eau de feu qui brûle sa route et crache la cervelle et sa raison.

Pauvre violon qui n'a que des airs tragiques à jouer au milieu des morts, de la boue qui charrie le sang vers le fleuve.

Écrire. Putain. Pourquoi. Tout ça finira en papier à cul. Maman téléphone. Elle pleure. J'y peux rien. Trop grand le trou. Le fond du grand trou. La révolte éternelle. Le non majuscule. L'échec comme rédemption. Le bonheur comme une invention. Courir jusqu'au bout. Jusqu'à la flamme.

Alcool coupe sombre. Forêts bordant les abîmes. Multitude humaine. Haleine. J'ai froid. Inspecteur des glaciers. Banquise femelle.

Il s'appelait obsession. Infatigable enquêteur. Avec des peurs. Des peurs terribles qui le rendaient humain. Souvent il les avouait. Voix rauque sourde. D'autres fois les secrets de ses tourments frémissaient dans son regard. Un regard absent de lui-même. Obsession c'était son nom. Enquêteur de surnom.

Je voudrais aller plus vite. Pas pour mourir. Pour savoir.

Il y a Tchernobyl et maman toujours à la renaude. Toujours ronchon. Jamais content du sort des autres.

Je ne peux me nourrir que de vie déboussolée. Ne rien savoir de demain, de l'heure qui suit. Quelque chose m'a échappé que je n'arrive plus à retrouver.

Je reviens. J'étais trop loin. Je me suis noyé. Perdu.

Je suis devenu grand brûlot avec des jours immenses. À devenir indifférent à ceux qui m'aimaient.

J'ai piétiné, labouré, comme attaché. Fuir. Fuir. Vers ailleurs.

Ailleurs c'était moi encore. Shock corridor. Aucune fuite possible.

Ce songe lointain. Bonheur humain où l'amour serait roi.

*L'ultime conviction du désir*

Au bout de l'errance lumière d'été qui frissonne déjà d'odeurs d'automne.

Alors ma blonde pourra danser. Je me balance dans la prière des oiseaux qui me donne envie d'aimer le monde entier.

*C'est le blues de l'ours*
*Celui qui s'dandine*
*Pour voir si derrière la gare d'Austerlitz*
*Y a le ciel tout bleu*
*Pour voir si la terre va plus loin que les barreaux*
*C'est le blues de l'ours*
*Celui qui s'dandine pour voir les yeux des petits enfants*
*Ceux qui n'ont pas encore toutes leurs dents*
*C'est les plus tendres les plus mignons*
*À croquer ils sont ces petits enfants*
*J'le ferai jamais se dit l'ours*
*Je vais crever ici*
*J'aurai fait mon boulot d'ours*
*Faire peur et faire câlin*
*Un drôle de boulot*
*Y a qu'un ours pour faire ce job-là*

*L'ultime conviction du désir*

*C'est le blues de l'ours*
*Qui s'dandine comme le chagrin*
*Voilà les feuilles mortes et le mec avec son balai*
*V'là un gars qui n'est pas blanc blanc*
*Cool comme une pirogue en bout de course*
*Il me parle pendant qu'il roule*
*De sa blonde de la vie de ce qu'il arrive pas à dire*
*L'ours s'dit où je vais chercher tout ça*
*J'suis né là. Mes parents sont empaillés*
*J'ai dû voir ça dans un bouquin*
*La nuit pour qu'on me voie pas*
*Je veux pas finir au cirque*
*C'est le blues de l'ours*
*Qui écoute son copain*
*Jusqu'au petit matin*
*Un jour je lui raconterai mon histoire à moi*
*Les mers sur les montagnes étaient encore gelées*
*Le vent en glissant sur la glace*
*Se transformait en chant*

## *L'ultime conviction du désir*

*En chant plus grand que le ciel*
*Plus tendre que la plume de la tourterelle*
*C'est le blues de l'ours*
*Qui sait bien que c'est pas vrai tout ça*
*Que c'est du bidon*
*Qu'il a jamais mis sa tête dans la lune*
*Qu'il a jamais entendu battre son cœur dans la montagne la nuit*
*C'est le blues de l'ours*
*Qui a du chagrin*
*Jamais été petit*
*Jamais pu vivre sa vie*
*Jamais chez lui*
*Toujours aller loin pour gagner sa vie*
*Jusqu'à s'inventer une mémoire*
*Le v'là qui me scie les barreaux le gars au pétard*
*Pas le temps de finir*
*V'là qu'on lui court après dans le noir*
*Les nuages dans le ciel*
*Cette lune de suicidé, c'est le moment de foutre le bordel. L'éléphant là-bas ne demande que ça. Vas-y pépère, balance ton cri de désespoir de liberté.*

*Moi je vais montrer les dents au ciel*
*C'est le blues de l'ours aux yeux verts.*

V'là le temps qui change. V'là que le petit père la morale devient l'air du temps.

Des visages qui voulaient de toi et puis qui n'en veulent plus. À la revoyure. Lorsque le destin vous aura mis dans le même sac.

Encore une fois. Être perdu pour la vie et renaître. Peut-être. Je reviendrai.

Par tous les temps elle a roulé dans ma tête cette camionnette humaine avec du sang et de la violence. Pêcheur. Prêcheur.

Je veux voir des trucs qu'il y a dans les livres. Des trucs beaux qui m'inondent l'âme. Je veux me planquer dedans. Vivre longtemps tout le temps.

La zébrure divine. La ronde temporelle s'ennuie déjà malgré son fabuleux destin. Du fin fond du désert, à la même heure l'étrange revit. Parfum maudit parfum de ce qu'aurait pu être la vie. La vie de tous les humains. Dansons sous la pluie. Sur la terre rouge de nos ancêtres.

*Sur la piste Kayes-Bamako.*

File mon âme vers Bamako en hiver avec de la boue et des crevasses des digues explosées éventrées des paysages bouleversés, des horizons d'eau qui ruissellent sous le bleu du ciel.

Sur la piste le camion s'enlise jusqu'à l'essieu.

Un buffle se suicide, épuisé, vaincu par la boue, qui l'aspire lentement vers les grands fonds sombres. Sa tête, sculpture noire puissance brisée par la fatigue.

Les grands yeux noirs qui te disent adieu. Humain. Le corps déjà englouti. Posé sur la terre.

Une tête vivante sans corps. Sous la pluie.

Trois hommes le maintiennent, le renversent, s'arc-boutent.

Un combat d'amour. Glaise et sable mouvant, le mufle tendu vers la vie les yeux qui roulent et les hommes qui lui parlent.

Vis bœuf, vis. Nous avons tant besoin l'un de l'autre.

Je suis là comme un con avec mes petits chagrins, ma démesure dérisoire. Facile.

Je reviendrai chez moi. J'aurai chaud quand il fera froid.

L'amour survit fusionnel entre l'humain et tout ce vit palpite. Amour exaltant.

*Kayes. Mali. 2004.*

Le train. Le chef de gare les pieds sur le bureau. La foule. L'éclairage. Les néons de travers. Les odeurs. Encore et encore les regards qui cherchent. La pluie toujours.

Ça barre dans tous les sens. La foule avec des pressés. Vers où. Des nonchalants aux yeux de chat. Des mamans fatiguées dans un coin qui font chauffer les gamelles sur le quai à même le sol.

Le grand train n'est pas là. Peut-être dans la nuit. Demain qui sait.

Un prince de la dèche, un roi de la misère fait péter la lumière dans son boubou bleu du désert. Il tend la main à qui la veut bien. Grand comédien.

Il disparaît dans la foule comme s'il n'avait jamais existé. Ça barre dans tous les sens.

Mendiants sans dents qui rient en dansant les yeux vers le ciel. Des rastas djembé. Les mains qui frappent les peaux tendues, des musulmans avec la barbe. Sévères.

Des femmes voilées. Ça fout un coup à l'âme.

Des jeunes filles. Gracieuses. Fringuées. Avec dans le corps ce putain de balancement qui t'emmène toi et toute la gare vers la beauté. Un coup de sensualité frissonne dans le regard des hommes. Ça fait un drôle d'effet dans ce putain de chaudron humain.

Une grappe de moutons attachés au bogie d'un wagon abandonné leurs clochettes de chair au cou.

Des gamins dans la boue. La lune balance des coups de projo. Les nuages courent là-haut.

Le fleuve Niger charrie le ciel dans son reflet. Des feux. Quelque part là-bas. Des visages et des mains rougies par les flammes. Une gamelle qui fume, mille doigts qui plongent. Rasta djembé parcourt la ville et chante sa mélopée Afrique.

Le grand train viendra demain. À te demander quel destin serait africain. Africain de demain.

Les pirogues filent sous la pluie qui grêle l'eau, et frissonne par grands moments. Le frisson court vers l'horizon. Le vent emporte mon esprit. Je marche.

C'est grand le Mali. Mon fils à mes côtés.

Je reconnais les ombres dans ses yeux. Romantique en espérance. Lucide pas planqué.

Je l'ai vécu dans le monde entier mon fils el picante Mateo. De la salsa à la wolof musique. La wolof musique exubérante. La sueur. Comme la salsa. Le sel de la peau à lécher.

Le m'balax c'est l'âme et le corps. Danse d'offrandes. La voix magique de Youssou n' dans le temps, avant l'Amérique et ses studios qui lavent la vie. Où il faut être un bon Africain qui chante pour les Blancs.

Youssou n' et les étoiles de Dakar. C'est le nom du groupe. Youssou n'Dour et Marvin Gaye. Marvin est resté rebelle. Youssou n' a voulu vivre le rêve américain. Mais quand il chante m'balax c'est grand, grand comme l'histoire de l'Afrique. La jubilation des étoiles de Dakar, l'énergie. Bonheur. Mémoire. Ferveur. Musique populaire qui raconte la vie.

Marché couvert Bamako. J'ai un malaise. Mathieu le voit. S'inquiète. C'est rien. Juste un coup de chauffe quand le mental plonge. Juste un coup de couteau. Encore la sueur, corps dégoulinant.

S'asseoir. Boire. Boire les yeux vers le ciel pour cacher la mélancolie.

La putain de mélancolie qui te colle à la peau assis par terre comme les copains au milieu des affamés des paumés du bout du monde. Le grand radeau.

Rires avec de la malice, éclaboussés par taxi-brousse désossé. Voix qui chante. Musique qui s'éloigne. Seul dans la nuit. Moustiques.

Le grand fleuve Niger. Vivant comme le dos de l'hippopotame. Indifférent. Sûr de sa force. Charrie son eau. Secoue dans tous les sens jusqu'aux grandes cascades. Tout petit humain. Tout petit.

Les femmes qui lavent le linge. Le buste dénudé. En voyant les hommes, elles se couvrent, s'enroulant dans leurs pagnes. Fâchées. Regard noir. Beauté des seins droits vers le ciel.

Médine. Ancien marché aux esclaves. Village case en terre séchée brique avec un baby-foot rouge tout seul au milieu d'une cour.

Médine. Tragédie. Trouver les mots pour expliquer ce foutu sentiment de suspension. D'être suspendu. Ce n'est plus une mélancolie nonchalante. Une scie qui t'ouvre la tête. Irréversible chagrin. L'Afrique révèle ton toi. Ta dévastation d'amour. Ta faiblesse à défendre tes idées. À maintenir le cap flamboyant. Le putain de Graal obsédant. L'Afrique cicatrice à vie. Ma mère.

Chante, chante Mali. Réveille une prière

au fond du cœur. Aime la vie. Chante le Mali chante.

Donne-moi du courage pour finir l'ouvrage. L'amour du peuple africain. L'estime et l'étonnement.

*Sur la piste Bamako-Guinée.*

Le camion explose sur une vieille souche cachée sous le sable.

Immobile sur la piste. Le pneu énorme ouvert en deux. On cherche le cric.

Pas de cric. Le soleil tape. Pas de vent. La bouche et le corps assoiffés. Les épaules brûlantes.

Je suis fou du soleil. Je le bois. Je m'arbouille le corps de lui. Il me crame. Je brûle.

Un chasseur mandingue apparaît. Vélo déglingué. Fusil en bandoulière. Chasser petits oiseaux et phacochère.

La savane là-haut sur le plateau. Loin. Il est quinze heures. Fusil cabossé. Sourire. Il prête son vélo à notre guide. Pour aller chercher un cric. En bas dans la vallée.

Dans un autre monde. Ici est loin de là-bas. Bien plus loin.

Mathieu est malade. Il a de la fièvre. Bougonne. Il est fatigué. Rempli de l'Afrique. Naufrage des hauts plateaux.

Le guide sur le vélo s'éloigne.

Je commencerai à compter les heures dans quelques heures. Miracle.

Un Toyota apparaît. Salam âlékoum. Pas de foutu cric. Dans un putain de tank du désert.

Un couple en sueur. Épuisé. La cinquantaine. Blanc. Écrasé par la chaleur. Rouspète un peu. Faut être bête pour parcourir la brousse sans cric. Avec un petit air supérieur.

Je pousse l'avantage de la survie. Je m'excuse de ma connerie. Me ratatine.

Leur guide est le plus vieux guide du pays mandingue. Il décide de nous aider. Voilà le cric. Si petit.

Pour soulever l'énorme hummer. La merde. On creuse sous la roue. On entasse des pierres plates. Enfin on change la roue.

Plus loin le Toyota sous un arbre à l'ombre. Personne ne bouge.

D'autres chasseurs mandingues nous entourent. Même vélo. Même chapeau. Même fusil du temps d'avant. Même sourire lumière.

Nous n'irons pas dans la montagne. Il est trop tard. Il y a cent kilomètres pour rejoindre Bamako.

De nuit. Sans cric. Sans roue de rechange. Les beaux aventuriers. Mathieu Perrot Bohringer. Bohringer Richard l'acteur perdu. Veuf de son métier. Poète peut-être, musicien aussi. Veuf de Roland Blanche et de Philippe Léotard. Frères de folie. Des portes qui claquent dans la tête. Mon âme est pure pourtant. J'ai tant d'amour.

La nuit avec toi. La nuit contre toi. La nuit en toi.

À se découvrir avec les mains avec les doigts. Bouche à bouche. Bouche à sexe. À se plonger dans les yeux. Jusqu'au fond. À se donner jusqu'au bout.

À se dévaster.

Cette nuit c'est la nuit des griots.

Au maquis. Le hogon. Toumani Diabaté joueur inspiré de kora. Griot depuis soixante-dix générations. Homme doux et vibrant. Voix de femmes. Bonheur.

Lumière projo sur les musiciens. La lune toute ronde là-haut.

Les odeurs du poulet braisé. La musique. Chaude. Ondoyante.

Moi l'élève griot j'écoute ton chant malien, blues d'Afrique. Pur.

Le ministre lumineux de la Culture malienne Cissoko Cheikh Oumar. Simple. Éternel. Un homme beau. Cinéaste brillant.

Mathieu brûlé par sa passion de vie. Arc-bouter à la mémoire des instants magiques d'Afrique.

Des fois on fait semblant de croire. Et puis on croit. Et on meurt.

Les pensées contradictoires dans les couloirs. Solitude du vécu. La pensée. Quelle histoire. Rêve d'innocence. Juste avant que ne soit brisée la mienne. Trop tard.

Un autre s'est levé de moi. En moi. Un homme que je ne connaissais pas.

Le cinéma, le confort avaient échoué. J'étais un homme des rues. Arpenteur inlassable des errances de l'âme.

La lune est mon amie. Lumière de la nuit. Ma tête comme celle d'un chien se découpe en elle. Je chante. Griot. J'ai trouvé.

Les tourbillons des boubous qui se frôlent. Le corps qui balance. Gros derrière qui swingue. Fesses imaginées, univers ronds brillent sous la lune. Géographie intense et douloureuse. La sueur qui coule entre les seins.

*Marché. Bamako. 2003.*

Sur la tête la vie du jour. Le petit business tenu des deux mains. Tangue le beau bateau humain.

Parler de toi en Afrique me donne la vie.

Mange avec tes doigts. Fais tourner le riz avec le poisson. Sois assis. Parmi eux. Apprends la ferveur de l'instant. Liberté égalité fraternité.

Un 4 x 4 rutilant croise. Des visages encore qui nous regardent. Ça recommence.

C'est l'acteur. Qu'est-ce qu'il fout là à jouer le négro. Des militaires à pied. Des hommes fatigués. Des mamans millénaires. Des chèvres qui fouillent le sol poussent du museau. Des cantines avec des bouillons.

Partager. On parle des cousins qu'on n'a jamais vus comme s'ils étaient partis la veille. Il y a du bonheur comme ça. Assis sur ton cul. Avec la soupe dans les mains. Mains africaines. Belles. Ballets.

Prière du soir. Les oiseaux rouges transpercent le crépuscule. Flammettes fulgurantes.

*Poste-frontière Sénégal-Mali. Kidira. 2003.*

Ce putain de camion pleine piste. Toutes portières ouvertes.

Mathieu brasse le ciel incante les dieux du bonheur d'être là. Au Mali.

L'ombre violette de l'horizon nous enveloppe et nous transporte dans le silence de la nuit.

Les oiseaux dorment.

Le grand singe est assis sur la lune.

Djembé fait bouger mes hanches.

Petit Business rentre chez lui. Il attend au bord de la route. La voiture cabossée s'arrête. Ils se serrent.

Petit Business est fatigué. Cette journée n'a pas été bonne. Mais dieu est grand. Fumée.

*Baracoa. Cuba. 1996.*

On m'engage pour jouer le rôle d'un officier de l'armée française. Un commandant venu mater la révolte malgache. Il bascule dans l'amour de ce peuple. Devient rebelle parmi les rebelles.

On tourne à Cuba. Pour des raisons de pognon. Trésors de l'âme cubaine. Pureté. Lucidité meurtrie. La salsa. Je suis heureux au milieu d'eux.

Cohortes de voyageurs politiques qui n'iront jamais dans les rues sombres entendre les voix désespérées d'un peuple en agonie.

Exaltation. Transcendance. On fout le feu à l'autocar. La chaleur gagne. Chaud

Cuba. Il y a l'incroyable vérité des images. La vieille caisse américaine couleur framboise arrêtée sur le bas-côté. Capot ouvert. Radiateur qui fume. Le vieux cubain avec un grand chapeau. Une métisse penchée vers la terre.

Elle lève les yeux vers nous. Belle cubaine. Maria de Cuba.

*Marieta por su trabajo*
*Me cobraste cuatro reales*
*Marieta eres muy carera*
*Yo puse los materiales*
*A mi me gusta que baile Marieta*
*Como baile Marieta*

Chanson cubaine. Chanson d'amour. Femme cubaine sublime. Vraie. Illumine la nuit d'un coup de hanche. À te fracasser la mémoire. Elle tourne, tourbillonne. La robe légère s'envole. Les jambes noires grimpent vers les hanches. Fleur qui danse le feu au corps. Le désir, petite douleur, enveloppe le regard des hommes. Du rhum encore du rhum. Boire.

Maria de Cuba. Paysanne. Nous t'emporterons dans notre mémoire. Courbée vers la terre depuis le matin. Journée harassante.

Bout de tissu sur le corps. Les cheveux noirs lâchés, crinière que tu relèves en dansant. Maria de Cuba. Femme rebelle. Cliché. Chromo. C'est la vie aussi. De La Havane à Santiago. Cliché. Chromo. Comme sur les cartes postales. Faut retourner la carte postale. Deux mots. Silence. Souffrance.

Dans l'avion Henri dit Riton. Une découverte humaine. Un homme drôle. Tendre. Catholique. Pratiquant.

Mathieu mon fils Riton et Richard. Riton trinque à Cuba. Moi aussi.

*Sur la route de Santiago de Cuba à Baracoa. 1996.*

Baracoa. Berceau de la révolution. Baracoa la Russe. Cassé. Allumé. Interdiction de dormir.

Forêt dense. On peut s'y perdre. Forêt

d'émeraude comme en Afrique. Moustiques collent à la peau. La main claque le cou.

Baracoa la révolutionnaire. Gros bourg paysan. Lieu mythique.

Immense forêt équatoriale cubaine.

Territoire du Che et de ses compañeros.

Cubain audacieux inventeur de la survie. Ils disent. Nous sommes des gens de paix. Nous aimons raconter mille fois le même exploit flamboyant. Nous nous moquons de nous-mêmes. De nos propres misères.

Tout chante ici. Dans les montagnes, les forêts, le fond des bars, la fête, tout chante la libertad.

Baracoa, première conquête espagnole. Baracoa, ville noire.

Riton dit qu'il faut boire avec la bouche avec les yeux. On se découvre tous les deux. Même âge. Même parcours chaotique. L'alcool comme accélérateur.

On tourne une scène d'embuscade.

Le convoi que je commande est attaqué par deux cents figurants cubains métis créoles. Noirs.

Une femme avec son porte-voix leur parle durement.

Elle change deux fois de vêtements dans la semaine. Ça veut dire qu'elle en croque. Du pouvoir. Donc elle abuse la buse. Elle les méprise ces fils de compañeros.

Je la prends par le bras. Je la secoue.

J'arrête le tournage si elle ne traduit pas immédiatement dans son porte-voix ce que je veux leur dire.

Elle a peur. Rien d'anticommuniste n'est-ce pas. J'en sais rien moi. Anticommuniste.

Je vais leur parler de respect de fraternité et de liberté. Qu'est-ce que vous en pensez.

Elle traduit. Sa voix pénètre la forêt.

Les figurants révolutionnaires attendent le signal pour m'attaquer.

L'embuscade est réussie. Le metteur en scène est content. Je vois dans le regard des figurants compañeros l'estime.

Mes quelques mots sur la colline. Je crois que c'était liberté égalité fraternité.

Le regard dit qu'ils n'oublieront jamais. Mon geste et mes mots.

Étonné qu'ils viennent d'un Blanc gâté

par la vie. À faire l'acteur comme les Américains.

La tempête à Cuba. Violente. Qui s'installe. L'impression que plus jamais la vie ne sera comme avant. Ça cogne. Ça se déchire. Ça vole et décapite. Des tourbillons de n'importe quoi que le vent a brassé du fond des poubelles. Des chats fracassés. Une femme qui glisse et rebondit. La robe est rouge. La mer explose le malecón.

À Baracoa, il y a une cité made in RDA.

On dirait un sous-marin perdu au milieu de ses passerelles. Une cité usée. Laminée.

Des humains solitaires perdus ne croient plus en rien.

Visions de jungles à travers les trous dans les murs.

Cuba tendre. Cuba dure. Le regard des gosses assis sur les marches devant.

Les femmes tendent le linge. La musique. Rap cubain. Les filles partent à La Havane tenter leur chance.

## *L'ultime conviction du désir*

Cette nuit, j'ai approché l'animal humain femelle.

La longueur des jambes qui se dévoile, misérable seconde emportée par le tourbillon de la salsa.

Le corps qui ruisselle et se colle. La sueur arme sensuelle.

Le sourire qui te dévaste. Sourire des yeux, sourire de la bouche. Offrande du corps à la vie à la nuit.

L'épaule qui brille, noire, bleue sous le projo déglingué.

La pisse des chiottes qui coule sous le bar. Sous nos pieds. Rhum dans les gobelets.

On se raconte des histoires de révolution. D'avant la révolution. On trinque.

On apprend Mathieu et moi. Viva mojito. Vive la révolution.

Notre cœur flambe. On le sait bien qu'il y aura demain. Sans mojito.

Des flics partout qui savent tout de nous.

Que le fils voyage avec le père. Ils sont jumeaux de la même espérance. Harangueur d'espace. Le père transcende, le fils se régale en prenant garde à la désespérance du père.

Mathieu est amoureux d'une danseuse. La danseuse est amoureuse de Mathieu.

Les Cubaines l'appellent el picante Mateo.

Je refais le monde avec Riton. On vit cubain. Le cœur inondé du cadeau. Vivre avec ce peuple. Une merveille. Un rêve d'un humain meilleur.

Sous les étoiles, le dos sur la terre chaude. À vaincre nos peurs dans le noir avec des rires d'enfants.

Merci Riton. Merci la vie. La joie cubaine. Du miel. Jamais en façade.

Plus loin dans le fond des jardins. Les compañeros rêvent à leur rêve.

Allons danser. Oublier. Face à la mer. Avec les feux qui font briller les yeux.

Parle-nous de ton île. Frère. Et de ton bonheur.

Nous n'entendrons jamais l'histoire. À nous de la voir. Fiers d'être Cubains.

Notre jeune sang bouillonne. Certains

verront dans notre révolte une trop juvénile pensée.

On ira partout. On fouillera le monde. Il saura lui mon fils qu'on ne peut pas toujours avoir la politesse du désespoir.

Paris avec Cuba dans la tête. Avec l'idée de revenir. Vite.

Je tourne un téléfilm. Avec mes compagnons. Je les bassine chaque jour avec Cuba.

Il y a Laurent chef électricien. Un vrai petit frère que j'ai connu électro. Et puis Dominique. Mon frangin avec qui je veux faire tous mes films. Il éclaire les visages les corps. J'aime son talent. J'aime partager avec lui.

Une amie. Odile. Merveilleuse amie. Nous aide et nous voilà à Cuba pour faire un film à l'inspiration. Maria de Cuba. Métaphore vivante de la salsa.

Anniversaire de la révolution. Flic en civil. Flic en militaire et garde noir.

Ils marchent à trois de front menaçants dans leur silence. Moitié dans l'ombre. Moitié dans la lumière. Nos regards lorsque nous nous croisons. Exacerbés.

El presidente fait un discours de six heures. Personne ne bouge.

Márquez au premier rang. Dommage j'avais tant aimé *Cent ans de solitude.*

Tout le monde le sait que le barbu est tyran. Les prisons sont pleines. Le peuple se tait.

Un gros cochon gris dans le bout de jardin. Richesse. Sois content.

Peuple d'honneur. Peuple bafoué. Amoureux fou de son île. Police secrète. Collabos. Les Russes ont refilé le tuyau. Avant de se barrer. Les Américains sont restés. Guantanamo. Base militaire. Donne du rhum, donne.

On a des autorisations de tourner bidon. On prend la route à deux 4 x 4. Moi au volant du premier avec le chef et les caméras planquées. Même planquées ça dépasse.

Derrière dans le deuxième 4 x 4 Mathieu le pointeur et l'ingénieur du son. Éric Roffé.

La route. Santiago de Cuba Baracoa.

Deux cents kilomètres. Belle ligne droite. Épure. La mer à droite. Les poteaux électriques en bois à gauche. Ordonnance esthétique minimaliste. Simple.

Là-bas sur la route. Un barrage militaire. Barbelés. Mitraillettes. Soldats. Officier Ray-Ban. Uniforme impeccable.

Signe de la main. Incontournable. Économe. Le pouvoir. Garez-vous là.

Je descends. Je reviens. J'avais oublié de couper le moteur. C'est con non. Ça me laisse le temps de gamberger à la parade.

L'officier me salue en claquant des talons. Ça me file les jetons. Il retire ses Ray-Ban. Il me tend la main droite.

Un grand sourire lui ouvre le visage. Ses yeux sont heureux.

« ¿ Cómo está el comandante ? » Il garde ma main dans la sienne. « ¿ Cómo está ? » Je bouge. Je me retourne. Il y a Mathieu. Le chef. Je suis bouleversé.

Il donne l'ordre de libérer la route. Nous montre l'horizon. Geste large. « Vamos comandante vamos. »

Dans la camionnette sur la route toute droite de Baracoa silence.

La voix du chef. Mon cochon. Te voilà comandante. À Cuba. Un diamant brillait dans le ciel.

Deux années après l'embuscade. Un officier cubain m'appelait commandant et m'ouvrait la route en nous souhaitant bonne chance. Amour et respect ne s'oublient pas à Cuba.

Nous étions dans la région du Che. La jungle du Che. Incroyable peuple de l'île bafouée. J'entends les ricanements. Romantique. Maudit romantique ferme ta gueule. Moi je dis. Tais-toi croqueur de grandeur humaine. Collaborateur d'une pensée dévoyée marchand d'armes et de femmes.

*Vatnajökull. Iceland. Glacier. 2001.*

Iceland. Écrire avec dans l'oreille le grand orchestre de Bamako. La musique africaine et toi immobile au milieu de l'espace avec la terre à la place de la lune. Je suis sur la lune. Sable noir. Dans le ciel. La terre. Culbuté dans l'espace.

Les côtes glacées où la roche et la mer brillent comme si c'était la nuit. Jour éblouissant ce matin en quittant Reykjavik.

Cinq cents kilomètres pour atteindre le camp. Sous le glacier Vatnajökull.

L'Iceland. Immense avec des plaines qui montent jusqu'au ciel et se jettent dans la mer.

Des poissons qui clapotent dans les rigoles, petit torrent, mare sauvage profonde et sombre. La vie. Les écailles qui brillent. Changent de couleur.

Les chevaux sauvages. Ils sont beaux. Des petits chevaux d'Indiens.

Des chevaux punk. Tête à gauche crinière à droite.

Galop dans le vent vers toi. Te voir de près. Caresse. Cuir chaud. Vibrant frissonnant. Odeur animale.

Les naseaux doux comme le sexe des femmes.

Je vis au milieu d'Indiens blancs. Prince perdu.

Le ciel est immense. Un paysage de géants.

On les entend, la nuit, traverser l'espace glacé.

Légende icelandaise.

Avec des fumées qui sortent de la terre. Des lacs bleus.

Des icebergs verts qui vont mourir dans un fracas terrible, des vagues à repousser celles de la mer.

Les chevaux, là-haut, sur la montagne, nous observent crinière au vent. Iceland. Trésor. Trésor dur. Blues bleu azur.

Petit jour. Le glacier dort encore. Souffle sourd. La nature nous regarde. Mille lacs, mille visages du ciel.

On longe la bestiole, le glacier qui s'étire.

Le grand singe voudrait connaître la vie. L'autre. Il voudrait savoir la vérité. Sur l'amour.

Il le sait bien qu'il n'y a pas de vérité.

À fond de cale il a traversé les mers. Des jours. Des nuits.

Il a vu la neige pour la première fois.

Il a vu les chevaux d'Iceland. Ils sont venus le renifler. Le humer.

Ils ont frotté leurs naseaux sur son poitrail. Et d'un galop ils ont rejoint l'immensité.

L'un derrière l'autre, vers les hauteurs. Disparaître. Se confondre à la nature. L'allure volontaire crinière et tête marquent la cadence. Énergie de petit cheval, maître de son univers. Paysage d'Indiens.

Le grand singe a hurlé cette nuit. Hurlé sa solitude. Sa poésie bafouée. La trahison.

Le grand singe pleure face au grand glacier. L'âme s'égare. Elle cherche. Vers les torrents. Vers la terre et la mer noire. Vers la lune. Là-haut.

Il cherche son regard son amour.

Il a besoin de la lune pour être un grand singe. Il a besoin de sa lumière.

Grand singe regarde son sexe. Misérable bête repliée sur elle-même. Il sourit.

Ce matin il fait froid. Les camions chauffent.

Le petit jour déchire l'immensité du glacier sombre qui geint, respire, agonise. L'histoire du monde.

Il a seize millions d'années.

Hippopotame blanc au dos craquelé fissure. Je l'aime. Je le caresse. Le vent sur son dos. Tempête blanche et glacée.

Je ne suis rien. Juste un Indien qui prie la nature. Comme son unique dieu.

Mes rêves d'absolu ont trouvé une maison. Le monde.

Au bout de l'île deux grandes oreilles. Des coupoles de béton qui montent droit au ciel pour écouter le monde. Technologie de guerre. Strategic air command. Abandonnée.

Les espions de l'Amérique ont quitté les lieux.

Les portes claquent le vent s'engouffre dans les dortoirs vides. Éventrés.

Immobiles les grandes oreilles n'écoutent plus rien.

Présence païenne. Elles menacent encore.

Il fait froid.

Putain de dimanche. Je cherche un bout de vêtement, une vieille brosse à dents. Un calendrier avec des nanas. Rien. Que le vent.

Le décor de *La Planète des singes* quand Charlton Heston tombe à genoux devant la main de la statue de la liberté.

Je me baigne dans l'eau bouillante.

Je me baigne dans l'eau glacée le dimanche.

À la piscine municipale où l'on parle de la vie en bouillant comme des homards.

À travers la fumée du bain, scène de vie familiale, où les bébés courent tout nus sur la glace enneigée.

La solitude un dimanche après-midi en Iceland. Loin de Reykjavik.

Le blanc des icebergs, et le sourire des phoques vers dix-sept heures.

Quel homme romantique se dit le grand singe à la dérive sur un bout de glace peuplé d'oiseaux argentés.

Que vient-il faire là comme si une sirène l'attendait.

Une légende icelandaise dit que les hommes qui viennent ici l'hiver ont un chagrin éternel.

Les grandes prairies voient errer certains soirs, leurs âmes comme des lucioles.

À travers le vent et le brouillard, à croiser des maisons solitaires, posées sur la terre.

Être au chaud au volant de la camionnette japonaise.

*Höfn. Iceland. 2003.*

Le port au milieu du crachin, du vent glacé en rafales, qui te plie le corps au milieu des bastingages, des mâts qui bringuebalent, des chaluts comme des bestiaux énormes, puissants, qui rugissent l'appel aux hommes pour la mer en colère.

Sortir du port. Putain. Je suis petit.

Quelques rues, à peine deux croisements, des maisons basses, des commerces dans les maisons.

Économiser la chaleur.

Être proche l'un de l'autre dans cette tourmente de la nature.

Fracas de la mer. Pêcheurs d'Iceland. Mythique.

J'ai lu des histoires quand j'étais petit. Des histoires de courage. Des histoires d'hommes. Des histoires de femmes qui restent au port à brasser les enfants.

Chaque jour à regarder l'horizon. À avoir peur. À perdre son homme.

Le grand singe une couverture sur les épaules, grelotte encore. Il dit que cet homme n'est pas un acteur.

Il vit ce qu'il fait. Il vit ce qu'il dit. Il prend tous les risques.

C'est un poète. Un romanesque.

Un qui balbutie des mots tendres, la nuit à la lune son amie.

Caractère animal. Ombrageux et désespéré. Un emmerdeur. Un frère qui ne sait plus comment faire pour échapper au destin.

Il est tard. Devant mon clavier, une dernière vision, un dernier regard à la lune.

Courir en Iceland. De crête en crête. De vallée lunaire en brisure de glacier. Courir une légende.

Le matin dans la nuit. Les camions. Tourne le moteur. Chauffe la cabine.

Sur le glacier. Je me dépasse.

Je demande à faire la dépose au fond de la crevasse.

Je vois le bleu du ciel qui fout le camp. Ivresse. Je suis bien.

Mon corps contre la paroi. Silence. Je voudrais voler. Rejoindre la lune.

Même pas eu peur.

Putain de caractère ce jour-là. Bien écouté les conseils. J'avais confiance.

Je voulais être un héros. Loin du zoo de Vincennes.

Ce serait beau dans l'image. Un peu de gloire. Pour l'acteur.

Ce putain d'acteur à jouer la vie. Je parle de l'âme. Comme un cannibale.

On a bu beaucoup cette nuit.

La nuit icelandaise. Minuscule humain. Perdu au milieu des étoiles qui se jettent sur le glacier.

Les hommes autour du feu. Les filles boivent du vin. Il n'y a pas de conquête. L'ivresse d'être ensemble.

Les Indiens blancs ont les yeux qui brillent dans le froid. Leur sourire fait péter la chaudière.

Un troupeau d'hommes qui fument comme des chevaux. Je vois le blanc de l'œil qui cligne sous les cils roux. Coureur de terre. Coureur de mer.

Compagnons icelandais. Vous m'avez gardé au chaud dans vos rires.

Debout. Moins dix. La tête à chercher la lune.

La bouteille de rouge passe de main en main. Chloroforme les peines des hommes. Les chansons. Des contes.

Avec des brassées de mots qu'on ne comprend pas.

À vivre avec les yeux avec le rire, avec les mains.

Les bouches qui fument dans l'air glacé.

L'ombre de la montagne plus sombre que le ciel.

Les icebergs à toucher de la main. Jeu dangereux. Il fait moins vingt.

On boit encore. Encore. Comme si on faisait l'amour.

Tout droit face à la lune sur la mer. Ça s'appelle la fraternité.

*Sur la piste Ouagadougou-Lomé. 2003.*

Togo. Frontière. Il est dix-sept heures. Il pleut. Petit jour du soir.

Peur qu'il fasse nuit trop tôt. Faut s'habituer au visible. Ne pas perdre trop vite l'identité. Être bien sûr d'être là. Être bien sûr que c'est moi.

L'Afrique t'embarque trop loin. Faut être fort.

Les militaires sont saouls. Le ciel violet, avec des zébrures orange.

La terre rouge. La piste. Cicatrice.

Les militaires veulent s'offrir une bière.

Le gars qui s'occupe de nos visas dans la cabane en bois parle de l'Algérie quand il avait été là-bas. Il y a longtemps.

Sur un gros cahier il écrit à la main notre nom. Un coup de tampon.

*Frontière Burkina-Togo. 2003.*

Nous sommes au Togo. Cases fortifiées.

J'ai traversé la route. Ils étaient immobiles. Étonnés que je m'arrête. Ils venaient de la nuit des temps. Sous les grands arbres, les arbres à coton géants. Là-haut flottent de branche en branche des barques, les cosses matrices.

Immense modeste humain. Touché que je vienne à eux.

Le chef est seul. Dans sa case. Il me reçoit. Dans l'ombre il est assis. Souriant et silencieux. Rien ne se dit. Souriant je suis aussi. Nous sommes en paix.

Déjà les phares chaotiques dans la nuit. La lune court là-haut. Je suis savane. L'Afrique s'imprime m'enveloppe.

J'entends la mélopée.
Afrique tu m'as pris l'âme.
Prends-moi dans tes bras.
Laisse-moi fondre en toi, me disparaître.
Frappe les tambours la nuit,
L'incroyable de chaque instant.
Perdre les traces devenir prieur,
Ambulant.
Marchand d'orages aux yeux crevés va nu,
Pied fier sur la terre.
Soyez frères,

Chantez ensemble votre gloire,
La gloire de votre terre.

Paris. Je marche dans les rues la nuit. J'entends ton chant. Je cherche ton odeur. Je marche dans tes rues.

Dakar. Saint-Louis. Bamako. Kayes. Ouagadougou. Abidjan.

Dans la foule. Costard trois pièces. Ou bien boubou. À se frôler. À se toucher. À fraterniser.

Seul dans les rues de la capitale Paris à combattre les ambitieux du présent. Avec ses artistes choisis.

Être artiste c'est aussi aller contre le vent. Déchirer la proposition. S'emballer pour le contraire.

J'ai plongé dans la mer. Dans son fond sombre. Abysses. Glacé. Recroquevillé au milieu de formes informes.

Le coup de pied pour remonter n'a pas suffi. Faut pousser avec les mains. Pousser l'âme pour qu'elle remonte et s'épanouisse.

À t'écrire ma femme me fait du bien. Au hasard de mes voyages avec ton visage.

Mon intime désespoir était si grand qu'il fallait que je reparte encore. Afin qu'il soit plus léger pour les miens. Raté.

Mais la pureté de ton amour après tant d'années a rejailli. Encore plus grand. Merci.

Les éléphants ne dansent pas la salsa.

Juste la valse lente dans la poussière de la savane.

Les prédateurs tournent dans l'autre sens. Coyotes et hyènes dégoulinants. En sueur.

Le lion aimerait bien que sa gonzesse lui amène à bouffer.

Elle est là-bas dans les herbes.

Elle fait plus semblant de somnoler. Les yeux laser.

Elle sait attendre l'erreur fatale de l'autre. C'est la vie. Faut bouffer.

Mes enfants. Je ne pouvais vous apprendre que l'histoire perturbée. Avec le sens de l'espérance.

Il faut du courage pour être un combattant toujours plus près de l'humble.

À l'ombre de toi je swingue dans tes pas. Je suis l'homme de ta vie. Crois en moi.

J'en ai marre. Écrire sur sa douleur. Casse-couilles le mec.

La route. Avec le chien et les bagages. Je m'arrête.

Le chien renifle le passé. Le ciel est bleu. Temps sec. Voilà que je l'aime. Cette putain de vie. C'est rien. C'est l'odeur de la montagne.

Toujours la tête dans les poèmes oubliés.

L'écriture ne guérit pas. Juste des béquilles. Jusqu'au mot de la fin. Jusqu'au dernier mot. Jusqu'au dernier souffle.

J'ai été élevé au romanesque. Au péril de la vie physique et mentale.

Dans un bar perdu du Mexique, seul, à boire de la tequila. Dans la tête, le souvenir obsédant de celle qui l'avait détruit. Avec un cerf-volant.

Soixante-trois ans. Vouloir la vie comme si j'en avais trente. Un sac à dos épuisant. Des bouts de santé qui foutent le camp.

Être au mieux avec la mémoire. En couleurs ou noir et blanc. Selon le bouleversement.

Toi qui lis ce bouquin, j'écris le désir de la vie. Écrire à toutes pompes. Comme un fou. Ne pas savoir où aller. Se perdre. Me réfugier.

Prendre la machine dans ses bras. S'abriter derrière le clavier.

Écrire. Les torrents, les bateaux au bout du monde, les fleuves, les grandes marées, les prémonitions, les ombres, la discutation humaine, la palabre. L'envie de se raconter l'autre.

L'ultime conviction du désir.
On mourra pas et si on meurt tant pis.
Oublie que je t'aime.

*Manille. Philippines. Mars 2002.*

Manille. Aéroport. Un grand mec me met un collier de fleurs à l'arrivée. Le grand mec me fait monter dans une caisse blindée. Le chauffeur aussi il est blindé. Des deux côtés de la ceinture. Genre manhurin. Sourire sympa le chauffeur.

Le grand mec fait des affaires à Manille. Dans le pétrole. Le gros.

À Manille si t'as du pognon, on t'enlève. Pas toujours. Souvent. Quartier gardé. Milice privée.

Au milieu des buildings, entouré par la misère, le quartier des rupins. Grillagé. Vidéoscopé. Kalachnikofé.

Enfoui dans des jardins d'éden. Manger la nuit autour de la piscine.

Là-haut dans les étoiles, les buildings. Regards absents qui plongent vers l'éden. Une vraie clairière au milieu du béton. Dîner. Vin français.

Le mec aime le pinard. Bon mec l'industriel. Aventurier quand même.

La bagnole blindée m'a ramené à l'hôtel Times Square, de marbre et de luminaires.

Des hommes avec des fusils à canon scié devant les portes.

Des marchands de soupe chaude, des chauffeurs de taxi. Des rabatteurs. Des voleurs.

Manille. Sur la mer de Chine, il y a un cargo. La cabine du capitaine et un lieu secret où dort une sirène.

La nuit l'homme monte sur la passerelle s'allonger sur la lune.

Son amie qui surveille jalousement le secret.

Le capitaine a du chagrin.

Sur la mer de Chine, le cargo déchire la brume, à la recherche de la sirène du capitaine.

Sur la mer de Chine, le vieux cargo usé cajole le capitaine.

Il murmure qu'elle l'aime même si elle n'est plus là.

Qu'elle l'aime déraisonnablement enfin.

J'ai marché cette nuit dans les rues de Manille. Une nuit terrible. Entouré d'ombres au ralenti. Des marchands de came déguisés en fleuristes. Des marchands de petites filles.

Le chapelet à la main des bandits. Les yeux dans les yeux.

Je cours après mon âme dans la nuit à Manille.

Là-haut sur la colline. Les grandes maisons sont entourées de barbelés. Les hélicos font des vagues aux piscines.

J'ai fait une pause dans le camp retranché. Étouffant. Merci quand même l'ami de là-bas.

À Manille le capitaine a sombré avec son bateau. La tourmente de son âme est restée au fond de la mer de Chine. J'avais traversé le récit.

Cette nuit, la pluie sur la ville. Manille fume comme une usine. Mon cœur est déchiré. On mourra pas. Et si on meurt tant pis. Une nuit comme ça. Poitrine offerte au danger. Avec Jimi Hendrix. Appeler les ombres. Avec des images d'Indiens sur leurs poneys. Arc-boutés sous le vent et la neige.

La petite fille qui vend des œillets sait depuis longtemps que les hommes ne sont pas gentils.

Rencontre. Bernard Giraudeau. Compagnon. Il part dans le nord. J'en viens.

Tête-à-tête.

*L'ultime conviction du désir*

Le hall de l'hôtel est immense. Vide. Atrocement.

Demain je meurs dans les entrailles du *Sofala* le cargo des mers de Chine.

Aveugle j'ai jeté mon bateau sur les rochers.

*Mer de Chine. 2003.*

La nuit. Poste de veille. Le cargo moteur au ralenti cherche sa route. Sur la carte maritime. Des taches rouges. Les pirates. Les pirates des mers de Chine. Il faut naviguer entre les taches rouges. À la limite de leur autonomie. Debout à côté de l'homme à la barre. Nous naviguons toutes lumières éteintes.

Moi, le gars du Val-d'Oise, j'ai le cœur qui bat comme un môme qui jouerait sa vie pour la première fois. Alléluia.

La mer est lisse, noire, brillante.

La lumière de la lune diffuse à travers la brume épaisse. On parle à voix basse.

Le port. Les gardes grosses cuisses en short, jambes écartées sur des fauteuils de plastique. Les canons couverts de leur bâche.

Le drapeau philippin flotte au milieu du linge qui sèche.

Une femme est assise sur les genoux de l'officier, gros ventre, avec un cure-dent planté comme un cigarieros entre des dents étonnamment blanches.

Bateau militaire qui chasse. Déguisé en pirate.

Des chalutiers avec des maisons de bois, sans porte et sans volets, construites à même le pont. La lampe à huile.

Des hommes à califourchon sur des bancs, rient fort en jouant aux cartes.

Ils viennent de Russie de Hong Kong. Je ne suis qu'un nanti. Ils rient. J'ai la mélancolie.

Manille devant. Dans la brume chaude.

Sur le plus haut pont du *Sofala* je joue mon destin.

Mon âme atteinte d'une mélancolie sans retour possible. Je pressens la déchirure. J'ai échoué. Sans magie. J'avais vécu cette histoire en hauteur brûlante. Me consumant, crucifié, dans la nuit philippine.

Le grand cargo vire de bord. Je tombe de ma couchette. Je reste sur le cul. Je veux pas me réveiller.

Monte sur le pont. Va voir le jour se lever. Jette l'amer de ton cœur. Rayonne multicolore.

L'horizon s'incline devant toi. Ouvre tes bras.

Mer de Chine. Insomnie. Capitaine courageux ne croit plus en la vie. Juste un instant. Un éclair. Se jeter sur la lame du tueur.

Les cercueils des marins flottent au milieu des fleurs sur la mer.

Le *Sofala* croise pleine lumière l'offrande. Cargo de mes rêves. J'ai été capitaine du *Sofala* sur la mer de Chine. Je vis de chimères. De souvenirs chaotiques. D'avant. Avant l'âme éclatée.

Ensorcelé je suis. Un diamant au fond du cœur. Magie incontournable. Le chant des griots m'accompagne.

Jamais acteur ne fut plus capitaine.

Être fils de Jo Conrad l'écrivain. La femme sourit au miroir des grands fonds.

Capitaine Cargo dort.

*Veran. Philippines. 2003.*

Des milliers de coqs multicolores, des doigts qui trouvent de la grâce en caressant leur plumage, et le bec qui fait câlin avec la main avant le combat.

Des hommes, des cris. De la bière. Des cigarettes comme brûlots. Les camionnettes dans la boue. La pluie.

Les combats dans la lumière électrique qui fait briller le sang sur les plumes.

Des éclairs de chagrin dense.

Demain j'allais mourir. Couler au fond des mers. Le *Sofala* s'écraserait sur les récifs. J'aurai perdu la vue. Je ne la verrai plus. Plus rien n'importait.

Il pleut sur Manille. Il pleut sur la misère. Je t'aime. Babylone des Philippines. Mais putain ce que tu es dure.

Les processions sanglantes, le dimanche saint avec des églises noires, des cierges qui brûlent les mains. Les fronts ensanglantés qui se tendent vers le ciel. La foi. Folie.

Toutes ces prières qui finissent dans le sang.

Le soleil embrase l'horizon. Le jour se lève. La poussière. Une bière.

Les petites filles rentrent chez elles. Elles ont fini d'errer jusqu'à la nuit prochaine. La douleur déchire la rue.

Je porte ton innocence bafouée en moi. Petite fille en fleur avec des bouquets fanés dans les bras. Je suis pour toute la vie dans l'instant où tu m'as tendu un œillet.

J'avais si froid à l'âme ce soir-là.

J'ai coulé avec l'œillet. Humilié. Misérable.

Capitaine du *Sofala*. Cargo de la mer de Chine.

J'ai pris des coups. J'en ai donné. Comme un con. Combat de chaque instant.

J'ai pas tété le sein. J'ai jamais tété. Au biberon. Sûrement. J'ai pas pu vérifier. Le biberon ça sent pas le sable chaud.

Commencer la vie avec un bout de plastique.

Mon fils est dans le train de nuit. Traverser la campagne. Lumières de vie dans la nuit. Je le vois. Assis, dans le coin, contre la vitre. Les yeux perdus.

Là-bas en Afrique. En Amérique du Sud. Il va repartir. Brésil. Moi j'écris. Accompagné par le grand orchestre de Bamako.

Derrière ma fenêtre à moi la nuit aussi.

Ces milliers de kilomètres ensemble.

Ces milliers de sourires, ces mille et une blessures humaines partagées.

Toujours en manque. Jusqu'au vertige. À la brûlure de l'âme. Jeter de l'huile sur le feu.

Ma mémoire ne m'abandonne jamais. Je me souviens de tout. Elle est cruelle. Chaque mot écrit, chaque geste du corps, chaque regard restent en moi à jamais.

Je n'ai jamais oublié une femme. Celle d'une nuit, d'un jour. Valse lente. Leur corps au ralenti. Écarteler la mémoire.

J'écris. Dans mes oreilles Eddie Louiss. Dernier hôtel. L'éléphant balance sa trompe.

Africa mère tu me manques. Ton absence ici dans ma vie. Prière animiste. Incantation à la vie. La vie. Je ne suis qu'une âme. Sans amertume.

La pulpe de tes doigts court sur ma peau.

Afrique métaphysique. Métaphorique. Tes poèmes comme des images.

Je cours la piste. Genoux à terre, je baise la terre qui m'a rendu la foi.

Les aventuriers du Paris-Dakar ne sont pas mes amis. À tout prendre et rien donner vraiment. Une vraie poubelle. La moto c'est pas pareil. C'est comme un cheval.

Mathieu foule le sable des rues de Pikine.

Des brassées de petites mains noires dans la sienne, blanche, grande.

Fils, cette image de vie est en moi pour l'éternité.

Il fait chaud. Il fait nuit. Lumière au coin

de la rue. Ils t'appellent. Les talibés. Orphelins de tout. Ils t'appellent Matiou Matiou. Ils courent vers toi. Ils t'entourent. Te sautent dans les bras. Les plus petits. Moi à l'écart. Ébloui par tant d'amour. Personne pour nous voir. L'écrire plus tard.

Je t'aime fils. Tu l'as vécu. Je te rends hommage. Pour toute la vie. Alléluia. Rien n'est juste. Tu le sais maintenant.

Nous avons parcouru le monde ensemble.

D'autres fois l'un sans l'autre. On se raconte des histoires de là-bas très loin. Toi c'est l'Amérique du Sud. Latino. Pour la pensée révolutionnaire.

Nous avons dansé la salsa. Avec du rhum et des filles que nous n'aurions pas. Je ne sais pas élever les enfants autrement.

Je t'ai laissé ici. Il y a six mois. Et puis tu m'as demandé de venir te chercher. Au centre même de Pikine. Là où le vieil homme combat pour son peuple. Apprendre à lire. Apprendre à écrire. Le vieil homme est assis. Boubou bleu. Il a le regard clair. Comme le tien. Comme celui de ta mère.

Souleymane Ann raconte. Les tourments de son peuple. La politique qui joue à cache-cache avec le moderne et le pathétique ancestral. Les pressentiments. En regardant le ciel.

Il aime la France. Sans démagogie. Une femme étend son linge. Un jeune homme silencieux, debout, contre l'arbre. Le son du quartier derrière le mur. Des bouts de voix, des rires d'enfants. Vieil homme écoute. Il sourit. La vie.

Il a peur pour l'Afrique. Il a peur qu'elle sombre.

Écrire. Jamais être à la hauteur. Repasser par la case mémoire. Ne pas vouloir chercher le mot. Vouloir qu'il tombe comme cela. Comme un miracle. Croire que l'écriture est un miracle. Il y a le mot pensé. Il y a le mot animal. Il y a le mot qui veut rester étonné. Eddie Louiss j'écoute ta musique. J'écris quand il ne reste plus que la mémoire et les mots. Je ne veux pas de mot amer. Je veux de la mélancolie. Vive la transcendance, vive la transe.

Viens danser contre moi. Je veux te sentir te humer te toucher ma belle mémoire.

Le grand vent claquait les portes là-haut dans ma tête. Refusant la raison. Nager dans les eaux infestées. Nu. Vouloir le combat.

Serviteur d'une reine. Me noyer avec sa traîne. Renaître avec le sourire d'un ange. La blonde. Oasis. Elle m'aime. Comme un diamant. Je suis derviche. Affamé. Depuis toujours. Ne jamais croire être aimé. Foutu biberon.

Ma femme est une jeune femme. La vérité ne vieillit pas.

Cette femme-là mérite une symphonie. Elle en veut pas.

Je veux chanter la vie. Partir sur les routes. Aller à la rencontre de la différence. Afin de grandir une fois pour toutes. N'avoir plus honte d'avoir oublié. Lointaine lumière de solitude. Loin des écrans de télévision. Quitter sa peau d'orgueilleux. Être fier. Debout. Parler aux âmes. Tenir conseil. Tendre la main. Essayer de comprendre.

Laisse le balancier de la pirogue faire le boulot. La douleur finit par tuer l'amer. Elle laisse l'humain comme une épure. Débarrassé. Lavé des corruptions intimes.

Dans le fond des bars. Faut se tenir chaud. Mon frère.

*Montreuil-Babylone. France.*

Montreuil, l'avenue de la République. Une rue à droite. Foyer malien. Bazar indien.

Les Indiens viennent de loin l'hiver avenue de la République à Montreuil.

Navire d'espérance chez les oubliés du bout du monde. Montreuil-Babylone. Le bout du billet. Musique arabe. Gandoura d'hiver. Je viens là m'enfouir dans les bras du monde.

Il y a le Périphérique qui gronde. Il faut aller plus loin. J'ai vécu ici. Joie et douleur. Effondrement de ma vie d'avant.

Marguerite était partie. Elle ne reviendra jamais.

C'était l'hiver aussi. Mais on était bien,

là-haut, dans le pavillon de la rue des Caillots. Il faisait chaud.

Romane. L'enfant d'Asie et de Lozère, ronronnait encore dans son couffin.

Écoute jeune homme. Demain. Demain peut-être. Dans peut-être il y a la vie. Dans peut-être il y a l'espérance.

Alors demain peut-être.

Il ne nous arrive que ce qui nous ressemble.

J'ai marché dans Montreuil par tous les temps.

Le premier soleil de l'année, réchauffe des bouts de béton en lambeaux, retenus par des affiches déchirées.

Salam âlékoum. Âlékoum salam. Là-bas au pays.

Émotion.

Neige sur Montreuil. Harlem. Pareil.

J'aime mes sœurs et mes frères d'errance. Pas pour visiter. Juste pour avoir une chance. De vivre.

## *L'ultime conviction du désir*

*Ouagadougou. Burkina Faso. 2001.*

Dans mon cœur pour la vie. Le pays de l'homme intègre. Burkina Faso.

Le matin très tôt. Des milliers de vélos. En boubou. En élégante, en déglinguée.

Mobylettes fumantes par grappes au croisement. Carrefour africain. Taxi vert et jaune. Carriole immobilisée plein chaussée. L'âne prend la pose. Usé.

Autobus, autocars harassés, ficelés de mille paquets. Une chèvre perdue sur le toit. Arrimée.

Femme danse pour moi pour mes rêves pour ma mélancolie. Défile dans l'espace. Brûle-moi. À peine sorti de l'hiver à peine sorti de l'enfer te voilà. Là. Pensée jetée. Prendre tes seins dans mes mains. Douce pensée. Péché jeté. Être ton mangeur. Ton affamé. Ton sauvé. Prends-moi dans tes bras. Provoque-moi.

*Galaxia. Planète. 1942.*

Obsession c'était mon nom. Je suis enquêteur déguisé en acteur. Je viens de la planète Galaxia.

Mes parents ont disparu lors d'un voyage interplanétaire.

Galaxia est une planète sans chagrin. L'amour sera toujours l'amour. Je parcours l'espace avec dinki toy. Mon robot féminin. Mon cœur bat.

Dinki toy a disparu dans la nuit immense. Rupture d'amarres. Elle flotte quelque part.

*Terre. 1942.*

Blue Bar. C'est bizarre chez les humains. On me sert un liquide qui fait tourner la tête. Une fille vient me voir. Elle caresse ma balafre sur la joue.

Elle est repartie chanter une chanson triste, une lumière dans le noir.

Dinki dinki toy je pense à toi, mon petit

robot d'amour, ma douce digitale, qui tourne là-haut pour l'éternité.

Nous aurions été heureux si l'un des rupteurs n'avait pas cédé.

C'est bon l'alcool. Ce maudit rupteur qui pend dans l'éternité. Je ne suis pas galaxien puisque j'ai du chagrin. Musique. Ma douleur devient juste.

Chanter l'amour toujours l'amour. Dinki toy dinky toy qu'est-ce que tu fous dans mon verre dans ce bar au fond de l'Afrique noire dans le noir de la nuit.

Gigoter dans les bas-fonds. Causer du monde dans les sous-sols d'infamie. Où l'homme devient cristal balafré. La tendresse éternelle.

Reprendre les mots où on les avait laissés. Chercher inlassablement sa sœur. Cet îlot sans sexe.

La petite pute là-bas c'est ma sœur. La petite frangine d'amour.

Je viens pas pour baiser. Je viens pour causer du monde. Je viens prier. Jésus c'est mon pote. La fille du bar c'est Marie-Madeleine. Alléluia.

Je viens pas pour baiser.

T'as qu'à regarder les étoiles. Toi tu veux regarder à hauteur d'humain. Les grands fonds sous-marins sont pour les sous-mariniers.

*Saint-Louis. Sénégal. 2003.*

J'ai bu comme un trou. À me rendre aveugle. Seul.

Au bord du fleuve. La lune m'a dit. Cesse cœur de braise. Cesse je t'aime compagnon de nuit.

Cesse de vouloir mourir de cette façon-là.

Témoigne de ton amour fou de la vie. Si bas cette nuit. À ramper.

J'ai juré lune africaine. J'ai juré à toi dans la nuit que je ne boirai plus. Foutu ivrogne. Je suis au rendez-vous. La plaie est toujours béante. Mais je fous plus de l'huile bouillante dessus. Je suis mon héros.

Écrire. Sueur. La bouteille qui luit. Avoir peur du mot sans grâce. Se perdre dans la foule. Dans les corps. Retrouver leur sourire. Multitude ensoleillée. Parcourir la piste. Nuit et jour. Courir plus vite que la lune. Faire du charnel l'intelligence suprême. Tête et corps en accord. Tomber à genoux au milieu des bouses de zébu nonchalant. Incanter le ciel.

Je suis sorti de la page d'un putain de bouquin. Grand pêcheur. Grand prêcheur.

Je conduis vite sur la piste. Perdu dans ma carlingue. Rideau de poussière. À l'entrée des villages on lève le pied. Respect. On s'arrête. Salam âlékoum. Encore un signe.

Adieu père garde-toi bien. Voilà le sentiment. Tant d'amour de la vie et pourtant.

Le fer rouge planté dans la chair intime des femmes. La torture.

Les longs hurlements des filles la nuit dans leur sang. Leur chair jetée aux charognards.

Plaie du corps plaie de l'âme pour que disparaisse le plaisir. Misère. Excision.

Ma belle Afrique prie selon ton cœur.

Alléluia. Mais cesse de brûler ta fille. Épargne la grâce. La joie. Cesse le massacre. Je t'aime ma belle Afrique. Ma terrible Afrique. Ma tragique Afrique.

J'aime danser assis. Le ventre posé sur les hanches. Les yeux fermés sur le monde. Volupté. Tourne tourne mémoire avec ta mélopée. Magnolia. Éternité.

Les mains chaudes guident. Mon corps s'affole à perdre le souffle. Ralentir son mouvement. Être dans le temps. Être le temps. Un moment. Dans la nuit. Corps libre sous le boubou. Perdu brûlant dans la cotonnade. Bercé par les vagues de la mer africaine.

Ma langue se noie dans la nacre de ses lèvres palpitantes.

Comme un chat. Je touche de la main sans y mettre le poids du corps.

Mes yeux sur leurs coudes dévorent le spectacle du monde.

Mon sexe bat. Calme. Laisse mes mains et mes yeux et ma langue et ma salive se remplir de désir. Alléluia.

Petit frère d'Afrique dans ton boubou qui

court vers le baobab. Je m'incline devant toi.

À Saint-Louis j'ai un ami avec qui j'aime boire. Marco jazz.

À Saint-Louis j'ai un ami photographe du bout de la vie. Laurent. À Saint-Louis j'ai des amis de survie. Des Blancs avec des âmes de braise.

François aussi. Biologiste chercheur. À Saint-Louis j'ai des amis lointains.

À Saint-Louis je m'assois avec les vieux. Djellaba babouches lunettes de soleil monture plastique. Sur des chaises, pleine rue. (cheikh Tounkara)

Un car de touristes. Visage derrière la vitre fumée. Ils se grattent la tête en me voyant. Où m'ont-ils vu donc. Ils ont raison. Les filles croisent en riant. Le muezzin appelle à la prière. Le ciel est violet.

Moussa avec ses béquilles. Épuisé. Mon fils africain. Garçon de souffrance avec son corps.

Le village des pêcheurs. Guet n'Dar. Entre le lagon et la mer. Les couchers de soleil qui tournent te lèvent l'âme avant la nuit. Les éclaboussures colorées dans la flaque dans le grand œil maquillé d'un âne.

Les enfants jouent nus sur les poissons morts. Oubliés.

Les chiens fouillent inlassablement la terre. Les regards des chiens africains. Humains et lointains. Efflanqués marchent sur la pointe des pattes. Moins de surface posée. Moins de danger. Blessures de croc blessures de verre de fer de pierre. J'aurais dû marcher comme les clébards africains.

Avoir combattu le cynisme. N'avoir pas été compris. Être habité des milliers de vies.

Avoir lu dans l'autre son âme immédiate. Je suis épuisé.

Je viens de loin. Les couvertures de magazine et puis l'oubli. Une veste trop grande que j'ai laissée glisser sans me retourner.

Entrer nu dans la clairière. Quitter la forêt sombre. M'enduire de pollen et attendre la gourmandise du soleil. Être frôlé par les abeilles.

Danser avec les grands singes. M'asseoir

à la cime des arbres. Planqué au milieu des feuillages avec l'espace bleu.

Horizon sans limites. Devenir singe. Avec le gros chagrin millénaire. De ne pas être pris pour un humain. Mon âme balafrée est multicolore. Pousser un cri. Le cri déchirure. Le cri face à dieu.

Claude Nougaro a rejoint les anges. Il les appelait depuis si longtemps. Frangin fratricide. Frangin d'insolence. Je ne t'avais pas vu depuis longtemps.

Mes premiers mots m'avaient lié à toi. Tes derniers resserrent les liens.

L'ultime conviction du désir. Je finirai ce livre. Malgré tout. Malgré la santé qui fout le camp. Les mots sont sacrés et sans innocence. Ils appellent le destin de ceux ou celles qui les tracent.

La vie sera toujours comme un grand amour inachevé.

Une douleur intense de la perdre comme l'odeur de la femme aimée.

Mais toi aime-la cette vie. Casse-lui la gueule. Bouleverse-toi d'elle.

Elle te donnera des ailes. Tu voleras comme le cormoran argenté.

Je voulais mes enfants que vous le sachiez. La vie est mon histoire d'amour passion. J'ai été fidèle à mes principes aventureux. Je me suis brûlé tout entier. Oui j'aime. Le bonheur est éphémère les regrets sont éternels. C'est aujourd'hui le courage.

Le sable balaie la piste. Emporte des sarments. Un camion troue l'horizon. Un homme voilé au volant.

Dans mon cœur résonne la kora. Instrument mère de la mélancolie.

Une femme tire un chariot, arc-boutée contre le vent. Je suis rempli d'amour.

Moussa mon garçon d'Afrique est en extase. Il est papa. Son pauvre corps a pu se remplir de la femme. Alléluia.

*Île de Gorée. Sénégal. 1995.*

Gorée. Sénégal. C'était le soir. Le dernier bateau pour Dakar. Le jour tremble. Je porte Moussa dans mes bras. Je reviendrai mon garçon. Je reviendrai c'est juré mon petit garçon. Mon petit mendiant. Le corps brisé par la maladie.

Marche comme un chien. Sur les mains comme des pattes. Sur le bout des pattes. Comme les chiens africains. Parcourt les rues de Dakar. Fier.

Les pots d'échappement qui crachent leur fumée noire dans la gueule des enfants cassés. Je reviendrai dans pas longtemps.

Je ne veux pas que tu ailles mendier dans les rues à Dakar. Reste sur l'île. Reste à Gorée.

Moussa pleure. Je l'ai porté des jours, des nuits sur mon dos. Si beau Moussa. Si léger. Une plume. Un souffle. Une brise. Presque rien. On a mangé. On a ri. J'ai posé Moussa.

Au bout du quai. J'ai sauté sur le pont du bateau. Moussa posé contre une amarre. Moussa pleure.

Papa blanc s'en va.

Impossible de faire une photo de Moussa qui pleure contre une amarre sur le quai.

Ma vie n'a plus rien à voir avec la vie d'un acteur parisien.

Je suis un acteur mercenaire. J'accepte les travaux les moins rémunérés. Les films les plus loin. D'avion en avion je parcours le monde.

Dans des rôles de mecs au bout de la vie. Dangereusement. Romanesque. Brûlure originelle.

*Port Louis. Île Maurice. 2004.*

Avril. Fin de l'été. Humide chaud. Port Louis. Quartier chinois. Chinatown. Le marché aux couleurs. Fruits et légumes. Petits paysans mauriciens. Assis sur les talons. Petit business qui fouille la foule. Montres pacotilles. Déglingue du trottoir. L'égout bouché par les fruits pourris gerbe. Java avec les rats. La journée ça dégueule.

Port Louis petit matin. La rue est solitaire. Se sentir du premier humain croisé.

Le quartier. Lavé. Les déchirures du béton sont couturées. Nettoyées. Art contemporain.

Une môme sur la place au pied des cocotiers anglais veut me sucer. Elle a les yeux qui chavirent.

Elle mourra demain après-demain. La came lui pleure des yeux.

Se faire faire une pipe sous les cocotiers anglais par fille misère.

Avec du vent mouillé qui rend la nuit immense.

Au loin les lumières du port. Elle a les épaules d'une gazelle brisée.

Je ne serai pas saisi par la débauche. Comme le marin rêveur. Je continue mon chemin dans la nuit.

Elle court déjà vers une voiture. Le vent et la pluie en remettent un coup dans les cocotiers anglais. Clic-clac. Noir et blanc.

Tenter de se perdre dans une ville inconnue. Impossible. Quand je veux pas mourir.

Où es-tu Philippe Léotard. Dans quel bar céleste. Dans quel rêve.

*Port Louis. Hôtel China Town. 2004.*

La chaise contre le mur, à côté de la porte de la chambre. Le grand Chinois rêve à Shanghai. La télé chante dans la cage d'escalier. Des publicités en indien. Un bateau chinois en photo. Un chalutier. Un Mauricien met du linge à sécher. Il me sourit. Il m'a vu au cinéma. Reste discret. Pose pas de question. Deux filles chinoises, jambes épaisses, sourires qui ouvrent le visage et les yeux.

Elles se penchent et regardent la rue. Un peu, un tout petit peu Shanghai. Elles sont affamées de là-bas.

Le grand Chinois rêve toujours.

Marcher sans cesse, perdre sa trace. Courir pour ne pas suffoquer. Ne plus supporter les portes fermées.

Exil intérieur exil extérieur.

Effacer ce jour maudit où quelque chose a cassé en moi.

Philosophe de bazar, avec des bouddhas qui pendent, des cloches qui sonnent quand la porte fait du vent.

Là-haut le grand singe pleure. Le petit à ses pieds passe son doigt sur la larme. Étonné que le grand singe, si fort, fasse la même chose que lui, si petit.

La main gauche du grand singe empoigne la liane, le bras droit ramasse dans un geste large le petit singe, le ramène vers sa poitrine. Il se jette dans le vide. Un instant le grand singe et son orphelin planent.

La pensée devient bombe à fragmentation. Plus rien ne s'oublie. Vivre de sa mémoire est épuisant. Terrible.

Le bonheur s'oppose au malheur, dans le fracas et la tourmente.

L'écriture devient dangereuse. Elle dénonce l'imposture. Refuse le mensonge. Sauve les anges déchus. Les paumés de leur vie. Les tendres qui regardent tout dans les rues.

Ne jamais écrire le jour de sa mort. Imaginaire encore. Le risque est immense.

Écrire un destin hypothétique est une folie.

Vivre le destin du capitaine du *Sofala*,

cargo sur les mers de Chine, est une folie qui m'a brisé.

Vivre l'écriture. À la folie. N'avoir aucun génie. Juste la vie vécue. La transcendance et l'espérance. L'inspiration. Tuer l'inspiration au profit des belles lettres. Les spadassins traînent dans les couloirs de la culture.

Les groupes de pensée deviennent uniformes. Vivre l'idée de l'écriture. Écrire par tous les temps. Au bout des champs. Derrière l'horizon. Les phrases odeurs. Les phrases souvenirs. Il y aura celles écrites. Il y aura celles sans traces. Juste pensées. Juste vécues. Tout ne sera pas écrit. Trop d'intime à deviner entre les lignes.

Un jour il faudra fermer la fenêtre. Vivre dans la pénombre. Avec des corps chaotiques. Je ne sais pas vieillir. J'aime la lumière. J'aime les jambes des filles. En vélo. J'aime le monde entier. J'ai peur de cette vieillesse et de ce que l'on y pense. Faut se barrer sur la route. Vivre l'énergie solaire. Survie de l'âme. Rivage flamboyant. Le poète cherche la plaie. Justifier son chagrin.

Je n'ai jamais rien oublié des chagrins

d'amour. Je n'oublierai jamais. Ni l'odeur, ni le regard. Ni l'amour tout court. À aimer une femme on les aime toutes. Désir ardent. Bouche à bouche à cogner les dents. À glisser sur le ventre.

Il laboure la terre à l'autre bout. Elle reste solitaire au milieu de ses enfants. J'ai mal à elle. Je veux lui dire comme elle est belle. Comme j'aime sa vie. Son intelligence monte droit au ciel.

Moi Quasimodo, je la protégerai jusqu'à la nuit des temps. Bouleversé.

Le fleuve Niger comme mille dos d'hippopotames frémissants, s'éloigne dans la nuit.

Des vieux rêves. Des rêves de vieux qui veulent pas vieillir. Encore un peu la vie. Encore un peu.

Quand j'étais tout petit j'avais rien. Courir encore sur la piste. Dans la vallée des baobabs. Encore.

Dans quelle poche, dans quel tiroir, chez quel putain de chiffonnier, je vais trouver la clé. La clé. Le mode d'emploi de la vie. Des fois, je vois de la lumière au bout du couloir. Des fois, je deviens heureux au milieu des fleurs.

Le grand singe se balance là-haut. Il a vu des hommes danser la nuit. Il aime bien les hommes quand ils dansent. Il dit que les hommes sont meilleurs quand ils dansent.

Ce putain de bouquin cette putain d'île j'veux l'écrire. Je voudrais qu'il ne s'arrête jamais.

À toi mon fils là-bas en Égypte au Caire. Le Caire ville lumière.

Ville de mes rêves orientaux, fascination de la foule. De ses mystères. Les mystères de la foule. Jardins fleuris chantés par la vieille Égypte. Le Caire. Calcutta. Les quartiers qui dégringolent des collines.

La poésie n'aime pas l'amertume. Va pour le désespoir. Le chagrin on arrive toujours à l'écrire. Mais l'espérance. Convaincre. Écrire. M'écrouler sur le clavier. Dormir sur les touches, et que le souffle de mon corps finisse la phrase.

Je voudrais avoir du talent. Un peu. Un tout petit peu.

J'aime tellement ça. Ces putains de mots. Tourner et retourner autour du mot, à se fracasser le cœur, à écrire le souvenir, à chercher le coup dur, adrénaline. Le sang du cœur qui saigne, à se faire mal pour trouver la lumière.

Dieu aime-moi jusqu'au mot fin. Après aussi si tu veux. Trouver le mot pour un gars de la syncope. Pas de la tarte la syncope. Ça se nourrit à la chair crue.

À la nuit, à la lune. Manger la machine, la jeter contre le mur.

Des jours des nuits sans mot. Sans le mot. Celui qui te rend la vie. Celui qui soulage de la douleur.

On verra demain. Faudra bien que l'oiseau multicolore se pose sur mon épaule.

Il frotte son bec dans mon cou. Ça me chatouille. Il creuse avec son bec dans le sillon du cou et de l'épaule. Ça l'amuse. Ça le rend tendre, l'odeur de cet homme en quête d'inspiration.

Nuit sans mot. Ou des mots à la con. Des mots bidouilles. Des cris mous.

Comme si on avait plus rien à crier. Comme si le bide tombait sur les couilles.

Assis à poil sur un tabouret plastique au fond d'une cour. Avec le son du djembé derrière le mur.

Le lierre vieux Paris grimpe jusqu'à l'azur là-haut. Le grand singe a les yeux verts.

Le chant africain descend du ciel et protège l'homme nu, sur un tabouret plastique au fond d'une cour.

Le grand singe fronce son nez vers la lune. Il cherche. Il pose sa main droite sur l'épaule gauche.

Grogne mon frère, grogne. Le monde ne t'a pas vu.

C'est le grand singe qui tient la terre dans ses mains.

Mon fils Mathieu je t'écris du carrefour Sèvres-Babylone. Toi au Caire en Alexandrie.

Je suis contre une borne. Je vis avec toi. J'ai remplacé des Smart par des ânes.

J'invente la lumière qui vient de la rue de Sèvres. Le blanc du soleil, le bleu du ciel.

Une lumière de conte arabe. Je suis là. Tous les jours. C'est ma façon à moi de rentrer en relation avec toi.

Le caniveau devant le poissonnier. Lavé à grandes eaux. Lac salé. J'ai les pieds dedans. Je rêve à toi là-bas.

Toutes ces bagnoles dans tous les sens. Rapporte des cassettes de musique.

Pendant ton absence. Musique malienne. Les pages écrites sous influence musicale malienne. Aimer l'Afrique c'est être sous influence.

La nuit bleue. Sur le fleuve Niger. Bamako. Ton blues m'a pris l'âme.

La pirogue caresse l'eau.

La lune proche, si proche, énorme, faramineuse, élégante, se pose devant moi. En ombre chinoises des bouts de vie, des arbres, des cases. Je suis dedans. Dans l'écran. Au milieu de la vie en ombres chinoises.

Mille ventouses mille enquêtes. On m'appelle laser. Mille regards plus vifs que le moteur de la caméra. Mille silences. Mille balbutiements d'amour.

Je ne sais pas perdre les batailles puisque je ne veux pas gagner la guerre.

Allons du nerf ma belle jeunesse. Un autre capitaine est à la barre.

Danse là-haut dans le ciel africain. Aime-moi. Raconte-moi cet homme charmant que j'étais. Chante-moi des belles choses, mon âme est sans lumière. Je suis parti dans la vie. Avec mon oiseau bariolé sur l'épaule. Te rejoindre mon frère, ma sœur.

Nous danserons toute la vie l'un contre l'autre. Peau contre peau. Sel mélangé. Rigole entre tes seins, entre tes fesses. Musique lointaine. Blues dans la nuit. Donne envie. Tes seins dans mes mains.

*Sur la piste Ouaga-Lomé. Togo. 2003.*

Rien qui marche dans ce putain de camion.

Il fait cinquante degrés. Je m'habitue à mon jus.

Air conditionné cassé. Il pleut à torrents.

L'Afrique sous la pluie. Les gouttes énormes frappent le sol, massacrent la terre rouge, les herbes tendres de l'hivernage. Le paysage chavire. Case fortifiée. Solitude des villages. Quotidien du matin.

Afrique tu es riche de ton âme. Tu ruisselles de trésors humains.

L'amour possible. L'amour impossible. Garder la foi. Putain. Le chagrin qu'il faut. Chagrin qui rit. Chagrin qui pleure. Juste le sourire. Jamais le rire. Je garde tous les mots. Pour exprimer le secret. Mais il n'y a pas de mots pour exprimer le secret. Le secret est plus vrai que la vérité.

Je regarde la lune. Elle est ma sœur de mélancolie. La lune lumière de la nuit. Luisance charnelle. Lumière divine où l'on devine. Les corps gardent leur secret lubrique. Je t'aime. Lune au fond de la mer de Chine. Mon astre de savoir. Protège-moi. J'aime trop la vie. Je viens du soleil. J'ai brûlé. J'ai incanté. J'ai hurlé. Incandescent. Caresse-moi.

De mon rivage sombre, j'observe le monde. Je l'aime désespérément. Écrire putain. Écrire tous les jours, chaque seconde, en marchant, en oubliant le début, à se perdre dans les mots passés et ceux à venir, plus flamboyants. Peut-être.

Courir derrière la voiture comme un esclave. Supplier les dieux. De trouver ces putains de mots. La guerre des nerfs. Chacun comme il peut.

Le grand singe aime bien cette histoire. Il la voit encore cette femme blanche. Lui seul a vu la meurtrière dans son œil. Il savait que pour elle il n'était qu'une visite guidée. Un exotisme fracassé.

Il avait vu aussi les pillards blancs, noirs. Les pillards de l'Afrique et de son art. Les camions du Ghana pleins à ras la gueule de bois sculpté. Le cynisme, proxénète, des marchands d'art africain. Violeurs de terre. Cynisme cultivé. Les tocards, les tordus, marchands d'humains. Soudards. Sans amour. Sans respect. Aucun état d'âme. Ils vivront plus tard dans les beaux quartiers. Ils auront l'air d'aventuriers.

Maudits tocards. L'aventure est amour. Elle balafre le cœur. Elle rapproche de l'autre. Nu. Juste avec la gloire d'être là.

Manuel de la mélancolie. Comment vivre avec la mélancolie. Partir, revenir. Limite d'âge. C'est quand la vie. C'est par là, tout droit. À contre-courant.

Passer le temps à se rafistoler l'âme. Croire en sa force et puis lâcher prise. Dégringoler. Avoir peur de soi. De la partie inconnue. De celle qui brise.

Être sur la passerelle du *Sofala*. La nuit tombe sur le cargo. Sur le sommeil des hommes. Les machines au ralenti. Le *Sofala* m'emmène, agrandissant la déchirure du héros, qui mourra à la barre entraînant son secret, dans les entrailles de la mer.

Plein soleil. Je faisais plus l'acteur.

Chaque mot a été écrit avec amour, avec doute et ténacité. L'oiseau multicolore en est le nocturne témoin. Blaise et Jack, Malcom et Jo, Antoine et Scott. Arthur aussi sont mes amis. Ils ont écrit des livres que je n'écrirai jamais. Je les aime. Je sais que de là-haut, ils m'ont donné de l'appétit.

Ouvert les mots déchirures. Les mots romanesques. Le désir des mots. Le désir de la vie.

Le grand singe est triste. Il voit son ami désemparé. Perdu.

Faut-il avoir été si grand pécheur pour aimer comme il aime. Avec fureur.

Le *Sofala* fume et tremble. Mon îlot de solitude. Tout était si pur. J'ai été un prince, un magicien. Je me suis dissous.

Prendre un petit bout d'espérance qui traîne. Tirer dessus, le choyer le petit bout d'espérance.

Regarder les jeunes gens. Leur donner de l'énergie. Qu'ils croient en eux. Ceux qui n'ont pas traîné sur les bancs de l'université.

Le grand singe regarde le *Sofala* couler avec son capitaine.

Dans la nuit sous la lune qui luit le portrait peint à l'huile de la fiancée du capitaine. Le grand singe nage vers elle.

*Saint-Louis. Sénégal. 2004.*

Je suis à Pikine, cette nuit, avec un ami chamelier. Un ami blanc devenu chamelier.

Deux Blancs rêveurs et un Noir de la même rêverie.

Je pense à toi mon fils Mathieu.

À toi si loin, à Caracas. Je suis là où tu étais il y a quelques mois.

Saint-Louis me demande de tes nouvelles. Je leur ai dit que tu cherchais.

Cherche mon fils. Je sais que tu portes la lumière comme tes frères et sœurs, comme votre mère.

L'Afrique c'est dur. Dieu que c'est dur. Pourtant c'est elle qui m'aide. Je me fous des incroyants, des rigolards de salon qui se moquent de mon boubou.

Aujourd'hui j'ai croisé des jeunes gens, dans la rue principale de Saint-Louis. Ils étaient là grâce à mes mots. Ils m'ont remercié avec une chaleur qui m'a ébloui l'âme. Ouvre les yeux. Ouvre ton cœur.

Je quitte Saint-Louis. Je pense à toi mon fils. Mathieu.

Les talibés. Le sable dans les rues qui vient de Mauritanie, du désert.

Talibés vous avez des sourires d'anges malgré vos silences. Pas d'enfance. Trop de prières.

J'attendrai mon fils aîné. Au coin du carrefour Sèvres-Babylone. Face à la rue de Sèvres.

Je l'imagine. En Amérique du Sud. Brésil peut-être.

J'inventerai à cette même place ta course dans les villes lointaines. Va mon fils, cours avec les vents. N'aie pas peur des contraires. Fils ou bien jeunes amis d'un autre père je vous aime. J'espère en vous.

Fantaisie magnifique de la jeunesse. Irraison lumineuse.

Je cherche Richard. Je me cherche en vous. J'aurai vécu mille vies. Mille odeurs. Parfum de femme. Mille ivresses.

Tous les coups sont permis. On m'a tordu. Brisé. Confondu avec l'image. J'ai voulu. J'ai eu. J'ai cru. Ma passion de la vie l'a emporté sur les démons.

Je vis. Grâce à la blonde. À mon amarre profonde. Hommage.

Dans tes yeux je lis l'amour, malgré tout, toujours. Moi je cours. J'avale l'horizon.

Où est Richard. C'est Richard l'histoire. C'est pas Bohringer. Richard est dans un camion quelque part là-bas. Ou dans un bar sans boire.

Le grand singe parle tout seul. Il ne peut se confier à personne. Que faire pour aider cet homme à rejaillir. À rire. À trouver la clé d'or. Il cherche la clé. La clé de la sagesse.

*Ouagadougou. Burkina Faso. 2001.*

Ouaga. Burkina Faso. Le fespaco fête de toute l'Afrique. Ouagadougou. Capitale du talent. Du génie de l'Afrique.

Je serai là-bas comme un brûlot griot.

Pleine cagna, avec la cervelle qui crame. Sahel. Le chagrin comme un étendard. Un chagrin qui broie l'âme. Donne de la force au corps. Un chagrin comme le dos des éléphants. Millénaire.

Ouaga. Le souvenir. Toujours. Lancinant.

L'orage cette nuit, j'ai bu, seul, des bières et des bières, de maquis en maquis, au milieu des éclairs qui déchiraient l'image. Bout de case. Bout de lumière. Bout d'arbre. Bout de vélo. Zigzag. Le vent sous la pluie. Mouillé, dégoulinant, la pluie chaude au bout du nez.

Une bouteille à la main, quelque part dans la nuit à Ouaga.

Une nuit affreusement noire. À jamais dans la mémoire.

Je me suis réveillé en sueur. Je rêvais que je coulais les yeux ouverts. Devant une femme qui ressemblait à un ange à moitié démon. Une noyée qui voudrait m'attirer dans sa noyade. Un rêve de poète. Un cygne noir.

La lune posée sur les marais. Un petit palu. J'y étais.

*Ouagadougou. Burkina Faso. 2002.*

Je suis dans un maquis. Une nuit avec la lune qui fuit. Ses rayons, glauques, de l'orage sans pluie. La musique et son chant tendres m'envahissent.

## *L'ultime conviction du désir*

Aimé notre ami Burkinabé regarde le ciel. Une goutte d'eau sur le nez il n'ose sourire. Il n'ose espérer.

Cette goutte d'eau peut-être le conte de fées. Il n'a pas plu depuis un an. Si peu l'année d'avant.

Folle espérance de tout un peuple. L'eau.

Quelques grosses gouttes s'écrasent sur les boubous. Vite dans la tête le bonheur pour tout le monde. Humain animal.

Des rêves verts. De l'eau comme des rivières. Des rires d'enfants pleins de savon. Des légumes avec des couleurs.

La terre redevient nourricière. Et puis le vent généreux qui avait poussé l'espérance au-dessus de nos têtes a repris son ivresse destructrice, et emmené l'eau dans les nuages plus loin, là-bas. Silence.

Le visage d'Aimé notre ami pleure sans larmes. Digne. Burkinabé. Musique. Pour oublier. L'eau, les nuages, et ce maudit vent.

Aimé et sa femme avec les enfants ne dormiront pas dans la case cette nuit. Cinquante degrés à minuit.

Le Sahel mange la vie. Brûle ouvre la terre. Indifférent.

Dans la nuit noire. Le Sahel immobile. La case d'Aimé. Avec un mur autour. Une seule entrée une seule sortie. Petite cour. Étouffante.

Là-haut un gros avion tellement haut qu'on l'entend plus. City Bird rentre chez lui.

La femme d'Aimé est grande. Elle est belle. Les filles sont curieuses et bien élevées. Comme on dit.

Mathieu leur plaît. À coups de petits regards. Elles le savourent. Il est beau. Simple. Tellement humain.

Les mains volent dans la fournaise de l'air.

Un néon éclaire au bout d'une rallonge.

Les moustiques attaquent. Viennent se cramer à la lumière sans oublier ta chair.

On mange le poulet. Avec le mil. Aimé est heureux. Nous sommes venus chez lui.

Aimé, Aimé écoute. Ce soir tu nous fais princes mon fils et moi. Ta modeste demeure est un palais de bonheur.

La route s'est transformée en piste pour venir jusqu'à vous. Une tempête. Sable et gazole des camions d'Afrique. Lampes à huile. Petits business dans la nuit. Fulgurant. Éclair. Éclaire un bout boubou. Un bout de visage.

Des mains, des bracelets, des éléphants c'est pas vrai. On s'en fout. Le passé est puissant.

L'Afrique donne tout. La réalité la plus dure. Les rêves les plus fous. Comment vivre sans elle. Amour passion. Jusqu'au bout de la vie.

Remercier la vie de m'avoir donné cet amour-là. Merci Aimé.

*Ouagadougou. Burkina Faso. 2001.*

Un nouveau héros naissait. Un arpenteur de grands espaces.

J'ai besoin de toi, livre. J'ai besoin de te retrouver tous les soirs. Lorsque les larmes sont au bord de l'âme.

Écrire quelques mots. Juste. Quelques

phrases que l'on voudrait turbulentes, enfiévrées brûlantes. Nues.

La douleur mémoire frappe comme un poignard. La phrase jaillit. Étincelante et pure.

Il y a des oiseaux rouges au Mali. Il y a des oiseaux bleus au Sénégal. La pirogue file silencieuse sur le fleuve Niger.

*Hôtel Nantes Atlantique. France. 1993.*

Dans le vaste hall. Quelques représentants de commerce. Une nuit là. Harassé. Mauvaises affaires. Mauvais vendeur. Ivre d'un soir. Ivre de solitude.

Coup de téléphone rassurant à la famille qui attend que papa, loin, fasse bouillir la marmite.

Il dit qu'il a tout vendu, et qu'ils vont faire la fête. Il dit. Celui qui n'a rien vendu.

Il le dit au téléphone à sa femme. Et se jette dans la piscine comme un déjà noyé.

Les filles en bleu sont parties danser. L'Africain de service à l'hôtel Nantes Atlantique.

Un couple vit son secret en se la jouant comme pour toute la vie.

Il fait chaud. La piscine brille.

Le barman est homo. Un peu folle par désespoir. Ivre avec son shaker dans les mains. Il dit qu'il attend le résultat du test du sida. Il a peur. Lundi il ira. Je t'aime. Je vais sortir de ce rêve fripé.

J'ai poussé ma vie à me bouleverser pour toujours. T'inquiète ma sœur, je t'aimerai toujours, mais je n'y peux rien. Souvent je quitte la lumière.

Mon frère Pounia me manque. Mon frère Serge aussi. Et puis Régis. Comme Roland et Philippe.

Au volant de ce putain de camion sur la piste. L'aventurier quincaillier fait dans la solitude. Dans ses potes pas là. Maroun, Grand Jacques, Humbert.

Il voit la blonde dans la cuisine avec les petits enfants. Le vrai chagrin lui bouffe la gueule.

Toujours partir. Revenir. Insatiable d'horizon. Solitaire.

J'ai traversé les mers froides l'Afrique au cœur.

Je me souviens de ces dimanches immenses, immobiles comme un jour suspendu, où l'âme vibre d'une émotion lointaine.

Mémoire. Marguerite agonise. Elle ira au paradis. Fini ta tourmente. Calme ton corps.

Je suis indien blanc. Chercheur de trésor. Acteur de complément. Amant de passage.

Ce soir concert. Mon corps entrera en lumière. Comme il pourra. J'aurai l'oiseau sur l'épaule. L'oiseau multicolore. Celui qui donne bravoure et sincérité.

Aime celle qui t'aime. Chante pour elle. Pour la grâce. Enchante-toi de ta vie. Ruisselle. Remercie. Reste vertical.

Laisse venir à toi le dieu des arbres, des rivières, des océans, des zébrures divines du ciel tragique.

Laisse venir à toi ton chagrin et rends-le. Rends-le lumineux, ce putain de chagrin.

Demain était une promesse. Demain la vie ça sera mieux.

Chante ton amour de la vie. Swingue mon frère. Exorcise. Brûle. Brise-toi. Donne ta foi. Comme si c'était la dernière fois.

Je te boirai devant le monde. Ton regard me brûle et me transcende. Elle revient l'île toujours. Dans le souvenir. Cette douleur d'orphelin.

Iceland, j'ai écouté ton chant. Ton vent et tes colères. J'ai marché sur tes flancs vibrants. J'étais petit garçon avec un grand chagrin. Je ne reviendrai pas. Pardon.

L'horizon bascule et barbouille la piste de miel sanglant.

Bob Marley chante dans la radio. Son chant dans le soir africain. Putain. Ça pulse le cœur.

Visages et sourires s'impriment sur le pare-brise, et explosent comme des fleurs brûlées par les derniers éclats laser du soleil.

Debout sur l'accélérateur, le camion file dans la savane bleutée.

Aller toujours. Devant. Voir si derrière y a de la vie encore. Rachid Taha à la radio. De la braise humaine.

Un chameau immobile. Sur la colline. Vision qui file.

Une mobylette croise le chameau. À fond la caisse. Turban au vent.

Dans le ciel un grand coup de pinceau. Beau. Tragique.

Il y a pas de mot pour la couleur. C'est trop beau.

Dans les camps retranchés, on bronze pour l'éternité.

Les mains de la misère tendues vers les barbelés. Ils sortent la nuit pour baiser l'Afrique.

Niquer la misère. Ombres fuyantes. Sexes stupides. À moitié mous avec la bière.

Odeur de l'homme. Vautré dans la beauté.

Je t'aime putain de bout de livre. La nuit avec la musique, je rentre en toi. Je sauve ma vie.

Misérable amoureux. J'ai le cœur qui bat quand j'ouvre le piano. J'écris comme si je jouais du piano. Il y a des basses, et puis des aigus. Pour les mots âmes, les mots cris.

Je te regarde lune. Mon ultime conviction du désir.

Je marche dans Saint-Louis. Seul. Avec des signes de la main. Salam âlékoum. Que Dieu soit avec toi.

Les ombres se marchandent dans la nuit. Le grand fleuve glisse sans bruit. Le sable du désert est là. Poussé par les vents de Mauritanie. Je ne m'aime pas. J'aime la vie. Je bougonne dans le boubou.

Mes filles mes fils je vous aime. Une valse lente avec toi Romane. Avec toi Loulou, mon petit poney sauvage. Mes enfants, ma vendange.

Encore un bout de piste avec vous les garçons. Encore la vie.

Dans la rue noire à Saint-Louis juste quelques lueurs d'arrière-boutique de tailleurs de lampes à huile.

Je m'assois avec les anciens. Ils se souviennent de la France.

Petit coup de mélancolie. Sentiment d'ingratitude.

Ils aimaient la France. Tu sens la blessure. Tout ce sang sénégalais au service de la France. Tout ce sang.

Un soldat noir dans la nuit noire appelle maman.

Tout ce coton, tout ce coton pour les Blancs, et crever comme un chien.

Avoir à peine vingt ans. Sentiment d'abandon.

Le sourire immense s'abandonne à l'amitié. Pur instant. Afrique généreuse.

Il y a des pirogues échouées, des ânes, des bœufs, des chèvres, des enfants qui jouent à saute-mouton dans la boue et les poubelles plein ciel.

La lagune longe Guet n'Dar le village des pêcheurs. Pères nourriciers de Saint-Louis.

La tabaski. La ville sent le sang oublié des moutons sacrifiés. Les rues sont vides les routes désertes. Des milliers d'âmes de mouton. Droit au paradis des moutons.

La prière dans le ciel enveloppe Saint-Louis. Le blues mystique monte en moi. Je m'enfouis dans la multitude musulmane.

Frôlement, caresse de voile avec le vent. Djellaba. Je suis nu. À nu. Au milieu de la rue. Un dimanche blanc. Un dimanche musulman.

Je ne boirai plus. Cette nuit c'était trop. À mourir de chagrin. À vouloir. À cahoter dans les ruelles. Juste une pensée sans corps. Un désir littéraire. Romanesque. Comme mes maîtres. Une âme à rester éveillé toute la vie.

Cette putain de life comme dirait l'ami Mam's mon petit Paulo. Ensorcelé par la vie.

Toujours combattant. Toujours partant.

Mes plus beaux rôles brûlants m'ont brûlé l'âme. J'ai rien dit.

Sur la table de la cuisine, cette nuit sur la toile cirée jaune, je dessine avec le doigt, le continent africain.

La pendule ne fait pas tic tac. Les géraniums vont bien se transformer. Je vais bien réussir à m'envoler là-bas.

À minuit dans la rue à Saint-Louis.

À Manille avec la petite fille qui vend des fleurs.

En Iceland dans la tourmente du glacier.

À Bamako. La nuit des griots. Oumar. Magnifique cœur. Des voix, des chants comme des lumières qui viendraient tout droit du ciel. Se balader sur terre.

*Carrefour Sèvres-Babylone. Paris. 2004.*

Midi. Mathieu mon fils ne rentrera pas du Caire par la rue de Sèvres.

Je l'attends. Le voir apparaître dans la foule des compassés.

Déjà son sourire qui dit na ngadef, na ngadef mon père.

Il marche sur le béton comme dans la savane. Grandes enjambées.

Mon fils gazelle. Rasta blanc.

Au milieu des bagnoles, des boutiques de mode qui dégueulent leur indifférence.

J'écris pas pour lire. J'écris pour dire.

Je veux redevenir lion. Trop longtemps sans crinière. Je veux parcourir la savane. Le grand ballet des éléphants tournoyants. Les années lumière. Avant que la maladie ne m'emporte la raison.

De Saint-Louis à Bamako de Lomé à Ouaga.

Des grands espaces glacés d'Iceland au soleil orange de l'océan Indien.

De déchirure en déchirure. Voir le monde et sa beauté. Voir tant de malheur.

Bouleversé par la vie à chaque instant. Être brûlé titubant. Mendiant. Imprécateur. Animal de bas-fond. Boiteux nocturne. La mémoire comme un art.

Être. Se rebeller contre. Contre tout. Entouré de marchands du temple.

Mon fils Mathieu, la grâce de ton âme est ton arme. Tes mots sont ceux de l'amour pour les humbles. La passion du monde t'habite.

Cours enjambe. Danse avec le soleil.

Je pense à toi au carrefour Sèvres-Babylone.

Tu es brûlant comme je l'étais. Comme je le suis encore malgré les années.

*Paris. 2004.*

C'est le bal des tueurs de poètes. Des émotionnés d'eux-mêmes. Des émerveillés d'être en vie. Des tendeurs de main des inventeurs des magiciens des prestidigitateurs.

Leur âme accrochée aux arbres de la capitale.

Arrogante et consensuelle. Paris pensée nouvelle.

Digicode a tué Isabelle. Concierge. Passerelle humaine.

Un jour fermée pour toujours, la loge d'Isabelle. Peut-être pas assez chic Isabelle.

Vive le digicode qui luit dans la nuit.

Mon monde fout le camp, mes paulos sont montés droit au ciel, mes gosses font du stop, ma femme veut que je me calme. Mais putain que je calme quoi. Je souffre de la vie.

De la vie. Avec son vomi. Les peuples brisés. L'argent roi sanglant.

Je veux une route lumineuse. Vivre du très visible au presque rien.

Paulo aurait dit. L'inoubliable souffrance.

Qui prend le train. Qui reste sur le quai.

Il va neiger.

Le grand singe n'arrive pas à se glisser dans le smoking. Il le faut bien.

Qu'est-ce qui peut étonner l'homme d'en bas. Un singe. Non. Mais un singe en smoking pas rasé.

On ne sait jamais rien de ceux que l'on prétend connaître.

Mon fils. Mathieu. Est arrivé à Rio. Téléphone. 28 octobre 2004. Sa voix. Bonheur.

Toujours personne au carrefour Sèvres-Babylone.

Ce putain de carrefour. Imaginaire. Inventé. Le centre du monde.

La place d'errance blanche. Le grand singe a volé un vélo jaune. Au milieu des embouteillages il fait des grands signes.

Sur le trottoir une femme.

Elle trottine la femme. Elle ondine la garce.

Elle ne sait pas qu'elle trimbale sur le dos, la dépouille de la fiancée du grand singe, perdu au milieu des embouteillages, avec des vagues d'humains qui les rapprochent et les séparent.

Le beau poil de cette douce fée.

Un jour je viendrai poser mes lèvres au creux de ta tempe. Doux.

Comme une idée sans corps qui viendrait te frôler sans que tu le saches.

Tu entendras l'histoire de l'éléphant.

Elle est magique et n'appartient qu'à ceux qui croient à la magie.

Un jour je viendrai dormir à tes côtés sans te réveiller.

Au matin quelque chose aura changé.

Mais tu ne sauras pas quoi.

Laisse.

Je suis la lune. Qui sait tout de toi. Tes abysses. Tes printemps. Si loin maintenant.

La mort prend au hasard. C'est elle qui choisit le moment.

Si je ne t'avais pas tout dit. Sacré livre foutu bouquin.

Prends ça entre tes lignes. Envoie-le à qui bon te semble.

Moi je vole là-haut. J'ai toujours aimé en bas. Eddie Louiss. Miles Davis et Jimi Hendrix. Luigi Trussardi contrebassiste. Un petit vol de nuit.

Se poser sur une des tours de Saint-Sulpice. Se voir à vingt ans en bas.

Croire que la sirène sortirait de la fontaine.

Ce qui flotte n'est pas un voile oublié.

C'est un linceul. Swingue mon beau linceul sur l'eau d'une fontaine d'automne. Vol lent.

Le pont des Arts à la tombée de la nuit.

L'ombre des cracheurs de feu, la cour du Louvre aux yeux crevés.

Il fait si bon ce soir. J'avais vingt ans. Certainement.

Elle buvait du champagne à la terrasse des cafés. Au magicien dans sa mémoire.

Venez mes enfants. Mes doux enfants danser avec votre père.

La danse lente avec les hanches. La danse qui glisse légère et voluptueuse. La danse amoureuse.

La danse tournoyante avec de la sueur au fond d'un taxi.

Le grand singe est revenu chez lui. Là-haut. Il écarte les nuages de ses grandes mains. Rideaux célestes. Voir cet ami inconnu vivre sa vie dans les vallées.

Une femme prête à tout pour sauver son âme.

Il y a des jours il ne veut plus rien. Tellement il souffre l'homme éponge. Humain dans le désordre. Amoureux fou des sentiments. Coupable de ne pas être comme il le voudrait. Trop plongé dans les eaux sombres.

Il est cinq heures. Matin bleu.

J'ai tendu les mains vers le ciel. Imploré.

Imploré les dieux que nous soyons frères pour toujours. Tous dieux confondus. Utopie. Je n'ai que cela.

Ce jour-là nous marchions côte à côte Mathieu.

J'ai lu dans tes yeux. Ta foi absolue tendre et désemparée.

Putain de nuit. Faut que je rentre dans le livre. Que je m'enfouisse. Qu'il me protège quelques instants.

L'innocence des roses ne suffira pas à changer les choses.

Aéroport. Dakar. L'odeur de l'Afrique plus forte que le kérosène.

Touriste short. Boubou brillant. Coquette.

Filles dangereuses dans l'ombre.

Flics qui savent tout de la vie.

Regard mouillé de ceux qui n'ont rien. Sourire. Na ngadef. L'âme chavire déjà.

Viens pas fouiller dans ma poche. J'y ai la main. Petit voleur de rien. Je sais bien. Rien pris rien dit. Regard dans regard.

Taxi chic. Taxi déglingué un peu plus loin. Na ngadef. Sénégalais blanc. Cette boule dans le ventre. C'est le blues africain.

Bouleverse-moi. Ma bouche s'amarre à la nacre, à la mangue entre tes jambes. Je suis bouleversé. Encore.

Ton ventre sombrera contre mon front et nous danserons front contre ventre. Fusion.

Novembre. Départ Dakar. Mathieu annonce son retour d'Amérique du Sud. Rio de Janeiro. Brésil.

La voix de Romane. Téléphone. Elle dit. Je suis dans ton pays d'amour. Mon papa mon papa à moi. J'ai le cœur en feu.

J'ai fait comme tu as dit. Où que tu regardes j'ai regardé.

L'Afrique devant toi, ma fille. Sens la nuit. Lève la tête afin que le musc de l'Afrique s'engouffre dans tes narines.

Passe ta langue sur tes lèvres. Ce goût sensuel.

Dans le fond du taxi-brousse pense à moi. Je monte toujours à côté du chauffeur.

La musique, le chapelet qui balance, et le pare-brise étoilé.

Danse, danse dans la nuit.

Je suis franco-sénégalais.

Je rejoins celui qui m'a guidé. Le dieu des humains.

J'aime Victor Hugo et Rimbaud, Antoine Blondin et Albert Cossery. Et les autres. Queffélec l'insolent. Assouline le malicieux.

J'ai deux frères africains.

Gobby a cinq prières par jour. Ibrahima a une seule.

Celui qui choisira le mari de ses filles et ma colère. C'est Gobby.

Ibrahima fera comme moi. Jettera un

coup d'œil au lascar. Pour être sûr que ce n'est pas un voleur de fille.

Ibrahima s'endort de temps en temps. Le palu peut-être. La mouche tsé-tsé. Je le secoue.

Il passe la ligne blanche. Coups de sifflet. Les gendarmes du dimanche.

On descend, on palabre.

Les femmes, boubous multicolores, des brassées de mangues à vendre. Naissance des seins. Peau noire. Orange des mangues. Le gendarme est sévère.

Un camion passe. Avec des moutons attachés sur le toit. Tête dans le vent. Comme des pilotes d'avion à hélices.

Le gendarme nous colle une amende. On achète des mangues.

Ibrahima fait la gueule. Je lui dis que c'est rien. Il lui a pas piqué le permis.

Ibrahima sourit. Youssou n'Dour fait péter la radio. Chant quotidien. Chant habité.

Dimanche sur route entre Louga et Saint-Louis. Les belles Africaines. Boubou soleil. Sur le bord du village. Attendent le TGV.

Pour aller danser. Danse, danse, dans le vent boubou. Grâce charnelle. Sourire. Avec les baobabs dans la brume de chaleur. Comme des pères.

Mon corps se souvient. De tes doigts, de tes mains, de ta bouche, de tes yeux.

Je tangue. Je tangue. Viens viens.

À peine sorti de l'hiver te voilà.

Mon corps se souvient du tien.

De tes doigts, de tes mains, de ta bouche qui sait si bien.

De tes yeux qui se voilent au creux de mes reins.

De ton souffle dans le mien.

Ne crains rien. Il n'y a que mon corps qui se souvient.

J'ai été le commandant Blanet. Commandant la place militaire de Saint-Louis avant la Révolution française. Premier Blanc à avoir épousé une Africaine. Ils auront des enfants. Vivront ensemble jusqu'au bout de la nuit africaine. Les caprices d'un fleuve.

Merci Bernard Giraudeau. Je suis frère de ton destin. J'aime ta brûlure. Nous avons traversé le fleuve ensemble. Compagnon.

J'ai regardé là où tu as regardé. Soldat poétique.

Le chant wolof sous le ciel des mangroves. Bateau perdu au milieu des marais. Attaque des moustiques.

Quand la lune bascule. Corps d'arbres qui flottent. Comme des noyés.

Les mangroves. Linceul d'argent. Lumière de la nuit. Là. Comme des naufragés. Le mystère.

La nuit bruisse. Multitudes. Serpents, araignées, mille-pattes à te filer une fièvre à crever, ou à tutoyer les anges.

La nuit crie. La lune immobile. Témoin. Du combat pour la survie.

La grandeur de la mémoire de la reine de Saba monte en moi. Je deviens. Je salue l'étranger en moi. Drôle de bonhomme ce prieur toujours pressé. Affamé.

Mes frères africains rient. Chante Richard. Chante-nous le mout mout blues. Vilain moustique qui pique. Paroles enfantines qui nous suffisent.

Les mangroves dansent cette nuit. Au milieu des marais, une île humaine. Avec un grand feu. Mouton grillé. Les mains claquent et réveillent les étoiles.

Rien à jeter dans le corps. Tout sert à danser.

*Casamance. 1997.*

Cette nuit-là. Il a fallu filer. Pied dedans sur Dakar.

Avion de nuit. Couscoussier d'espérance et de mélancolie. Où es-tu Toumani Diabaté mon ami.

Traverser la Casamance. À fond la caisse. Sergent Mas au volant.

Lumière des villages. Le noir dans la carlingue. Sergent Mas est un as. La voix de Youssou n'. Magique. Sourire dans le noir.

J'entends le sergent Mas. J'entends la vie. Sergent de la gendarmerie sénégalaise. Je t'aime. Ce que tu dis de la vie.

Youssou n' et les étoiles de Dakar chantent l'amour. L'amour universel. Comme un griot. Un enchanteur douloureux.

Des insectes comme des abcès, éclatés contre le pare-brise. On fend la nuit.

Aéroport. Dakar. Il est minuit. Air Afrique avant Air Sénégal. Arche de Noé. Bébés. Seins noirs qui donnent la tétée. Émotion. Papa dort déjà.

J'ai regardé la nuit la fenêtre allumée des femmes que j'aimais. Les ombres. Inspiration.

J'ai marché la nuit. Avec mon chien.

Son pif brille sous la pluie. Ivresse. Pluie et feuilles mortes.

Le chien. Le long poil face au vent. Bonheur des odeurs. Je lève la tête. Pleine lune. Marcher ensemble. Cadence huilée. Le chien contre ma jambe. Comme des guerriers fraternels.

J'ai eu de la chance. J'ai vu mon fils Richard jouer au rugby. Les cheveux blonds comme un chevalier. La volonté aux dents. Petit mec trottinant comme les grands, pour rejoindre son poste.

Je t'ai vu mon fils, mon petit gars, ma merveille, je t'ai vu. Par tous les temps. Je t'ai vu ma fille Lou. Je t'ai vu. Ébloui par ton regard profond. Ta beauté latine. D'où ça vient. Je me le demande bien. Ton charme Loulou. Le sourire si féminin déjà. Tu es belle. Loulou. Lou comme Salomé. Une jeune femme qui écrivait des lettres d'amour à ses amants. Correspondance belle et vive. Vive les filles.

J'ai regardé par le hublot, ce matin très tôt. Il y avait Eddie Louiss qui jouait de l'orgue sur un radeau.

Le camion file sous la pluie. Essuie-glaces troisième vitesse. Pied dedans en gardant des chevaux. Juste une petite semelle qui fera la différence en cas de coup dur. Pas déconner. Bien concentré.

Le paysage bascule. Il n'y a plus d'arbre. Je rentre dans le désert. La porte se ferme derrière moi. Je suis dans le ralenti éternel.

Lou est devenue une jeune fille. Je t'aime. Je t'aime. Écoute à l'oreille. L'histoire de mon frère touareg. Mano. Il m'a fait rêver.

La paix, il la voulait du Niger à l'Algérie.

Paris 4 octobre 2004. Mathieu vient d'arriver à Recife. Brésil. Moi au Maroc.

Va falloir qu'on se retrouve fils. Au bout du monde. Si tu veux. Dans la cuisine. Avec la lumière chaude, un bout de musique du Mali. Ou d'ailleurs. Les coudes sur la toile cirée jaune.

Faut que tu me racontes ce que tu as vu. Fils.

Il y aura tes petits potes. À qui t'a filé la maladie d'ailleurs. À se barrer voir le monde. Thibaut. Pierre-François. Nico le banquier. Jacques.

On mettra tous nos rires et nos sourires. Toutes nos espérances juste pour ce moment-là. À croire que tout est encore possible.

Je vous aime jeunes gens. Idéologues en exil.

J'aime ce qui nous unit et nous rassemble, malgré nos quarante ans de différence.

Gouvernement provisoire.

Même rêve révolutionnaire. Aucune obédience.

Inquiétude. Silence. L'Occident pourra-t-il aimer librement le monde.

Les autres. Les djellabas. La musique arabe.

Du riz du poisson pour toute l'année d'un Africain. Toute l'année et peut-être l'année prochaine.

La CIA se met du cirage sur la gueule. À moi le pétrole. Les belles gonzesses. Les voitures américaines.

Femmes vénales. Hommes corrompus. La belle tribu.

Ils iront à l'exposition du Monde arabe. Ils écouteront le professeur.

Nous ne serons pas ensemble. Belle jeunesse. Indifférente à ceux qui arpentent, aux vulgaires qui n'aiment pas le pouvoir.

Les mots sont petits. Maigres. Sans grâce. La misère du monde trop grande trop profonde. Les hommes ont des idées barbares. Des serpents au fond du cœur. Fela chante notre colère. Fela chanteur. Fela leader du peuple d'en bas. Nigeria.

Nous avons été trahis. Nos vertus n'intéressent personne.

Nous sommes en exil. Dans la cuisine.

Un jour ils auront besoin de la rue. Un jour se lèvera le nouveau Verdi.

Nous aurons notre chant et vous n'y pourrez plus rien.

Là-haut sur la colline je veillerai.

Je serai le veilleur de toi. Jeune poète à qui il arrivera ce qui m'est arrivé. La fusion avec ta vie.

Avoir la passion souriante des êtres et des choses. Sans cesse.

S'opposer au tout savoir sans avoir rien vu.

Au mépris de l'université pour l'autodidacte aux idées contraires.

La thèse de la différence. Chuchotée.

Il faut être romanesque dans la façon de transmettre.

On saura employer les mots. Pour te séduire. Les mots seront exacts. Ils seront ceux que tu voulais entendre. C'est un plan mon garçon. Un plan pas beau. Vérité et mensonge. Mais après que la vie t'a brûlé la poésie sera ta seule vérité.

La poésie se souvient de tout. Elle sera fidèle et cannibale. Faut lui balancer des bouts de ta vie, de ton désordre. Des bouts sanguinolents. Faudrait parcourir le monde avec ta brûlure.

Mieux vaut mourir brûlant.

J'ai traversé des océans. Par tous les temps. Marcher dans les rues de toutes les villes. J'ai appris à marcher. Pour me sauver sans en avoir l'air.

Avoir autant péché. Avoir autant de fraîcheur avec ton savoir. La tourmente t'emmène à la connaissance.

Les escrocs à l'émotion, les haletants de pouvoir cultureux avec leur sourire doucereux, leur indifférence. La vanité est cachée.

Ils parlent de la culture comme s'ils détenaient la juste mesure de ce qui doit être ou pas. Infernal. Puisque seul est bon leur avis.

Je suis libre.

Putain d'écriture. À vouloir passer le message. Donner à celui qui ne croit plus, qui croyait que le bonheur c'était un truc tout le temps. Et que si on ne l'avait pas tout le temps, c'est que la vie était pourrie, et qu'elle méritait pas qu'on se défonce pour la garder.

Faut partir. D'autres parfums. On dira fuir. Peu importe.

Deviens le vagabond céleste, le quincaillier d'azur.

Celui aux mille aventures aux balafres du cœur.

Garde ta colère. Les échecs ne sont que pour ceux qui veulent réussir.

Garde la tête haute en marchant dans la merde. Autre genre de bonheur que la télé vingt heures. Fous-moi la paix.

Je suis un enquêteur. Avec des pouvoirs étranges.

Marabout blanc. Je cherche. Je trouve. Qui est qui.

On me fait du mal. J'écris la future destinée du manipulateur. Je la grave la nourris d'une multitude de points de vue.

Du bon sens à la folie. Je rentre dans la lune et pose ma question. J'ai toujours la réponse. Je veux pardonner. Je pardonne.

L'amour de la vie. Je prends. J'ai des sacs plastiques, des caisses rafistolées, des fonds de poche pleins de cette putain de vie.

Allons, avance bonhomme. Jeune homme et vieux bonhomme marchent la main dans la main. Il y a de la merde. Il y a du rêve. Les petits marquis les petites marquises qui veulent tellement être dans la lumière qu'ils en bafouent l'amour. Pitié.

À manger le monde. À ne plus vouloir aucun arrangement possible avec les pouvoirs, l'ambition dénaturée.

Demain nous serons en exil. Notre âme de noyé. Notre colère méprisée. L'arrogance des profiteurs.

Professeur de livre. Faut être professeur de vivre. L'université s'arrête là où l'émotion commence.

Elle veut des enfants. Elle veut les siens. Bien rangés. Elle en veut pas de ceux qui pénétreraient les sciences humaines avec vécu et fusion.

Trop loin déjà. L'idée a fait son chemin.

Gouvernement en exil. Mouvance insolente. Discours sans notes. Révolution.

L'université nous abandonne. Nos mots enflammés les chassent dans leur tour dorée.

Nous fréquentons la folie des sentiments. Il faut qu'un peuple soit lyrique. Il faut sauver le peuple de la désespérance.

La peur frôle. Et puis une histoire de là-bas nous donne des ailes ivres d'images et le rire revient.

Soyons raisonnables avec les rivages sombres.

Composition et mise en page

NORD COMPO
multimédia

CET OUVRAGE
A ÉTÉ ACHEVÉ D'IMPRIMER
SUR ROTO-PAGE
PAR L'IMPRIMERIE FLOCH
À MAYENNE EN MARS 2005

N° d'éd. : FF883601. N° d'impr. : 62513.
D. L. : mars 2005.
Imprimé en France.